大畫情聖
四
帝王心術
上山打老虎 著

【目 錄】

第五六章
絕佳好戲

看客們看得呆了，

老嫗、掌櫃、小寡婦，棺材、凶殺、傳說中的美女饗兒、如日中天的邃雅山房，

這一樁樁事牽連起來，豈不正是一幕絕佳的好戲碼？

看客們看得如癡如醉，一時間竟是癡了。

一大清早，薄霧還未散去，萬物尚未甦醒，邃雅山房已經打開大門。兩盞紅燈籠一掛，門丁們抱拳站著，接著那大門之上，一張紅紙告示貼出，頓時引得一兩個賣炊餅的小販過來看。

「高級會員ＶＩＰ限量珍藏絕版詩冊？」

這名字倒是夠響亮的，居然還是限量的三十冊，讓人頓然萌發出一種搶購的衝動。小販的消息最是靈通，半個時辰不到，書商便將三十冊詩冊搶購一空。

再過一個時辰，各種的手抄本便流傳開來，這種消息傳得本來就快，再冠之以ＶＩＰ、絕版、限量珍藏這樣的字眼，自然讓附庸風雅之人來了興致，可惜正版已經搶購不到，唯有四處搜尋手抄或盜印版，紙質雖然差了些，可是內容卻還是一樣的。

到了中午，由於街頭巷尾的議論，手抄本的價格竟也高達一貫之多，買漲不買跌，原本就是人的心態，更何況茶肆、酒樓裏已經議論紛紛；皆是熱議這本絕版的詩冊，若是再不入手，出門還好意思和人打招呼嗎？

這還只是第一波。最大的爭議，還是在沈傲的那首《邂逅顰兒有感》的詩上，這首詩很奇怪，既沒有詩的格律，又不參照詞牌，可是乍一看，這不知是詩還是詞的東西寫得真不錯。

於是在街頭巷尾，文人們分爲兩派，一派捉住這詩的陣腳，大肆貶低，將這詩說成狗屁不通；而另一派卻是堅決力挺，從歌賦講到唐詩，從唐詩講到今日的各種詞牌，爭辯不休。

要爭辯，沈傲的詩詞是一定得要記住的，否則又爭個什麼？所以只半日的功夫，幾乎所有人都記住了沈傲的那首詩，自然而然，會有人發出疑問，這個蘡兒是誰？

「兩彎似蹙非蹙籠煙眉，一雙似喜非喜含情目，態生兩靨之愁，嬌襲一身之病。淚光點點，喘氣微微。」世上真有這樣惹人憐愛、嬌媚百態的美人兒麼？這倒是奇了。沈公子又是在哪裡邂逅了這位楚楚動人、惹人憐愛的女子？

大家要知道，這個時候的大宋朝，一般人性向還是很正常的，猛男、野獸派什麼的，在這裏絕沒有市場，擄獲目光的大眾情人，仍然是那種我見猶憐的小美人，因此，這首詩裏所描述的蘡兒，讓不少人怦然心動。

沈公子好艷福啊！只是不知他的言辭是否有些誇張？起了這個念頭，爭議的焦點又轉到了蘡兒身上。

這個叫蘡兒的美人兒，是否確有其人？沈公子據說與蓁蓁有染，都沒見他為蓁蓁作一首詩詞，為何見了這蘡兒，反而將蘡兒化作了天仙，落在筆下？

這種八卦，非但是文人之間泛起爭論，就是那些尋常的販夫走卒，也津津樂道極了；詩詞他們不懂，但是美女卻是所有人都可以參與討論的，只一天的時間，這個蘡兒，便藏入許多人的記憶之中，反倒將近來花魁大賽參賽的各家名妓一時忘了。

所謂潮流，其實就是如此，有心人推波助瀾，街頭巷尾議論紛紛，你若是不識趣，在大家口沫星子滿天飛的談論蘿兒時，大呼一聲「煙雨樓」的春娘也很美艷，只怕非得被人白眼相看，然後被人淬一口吐沫，很是高雅地罵一句：「俗不可耐！」

炭盆裏火光躍躍，將銅盆兒炙得通紅，天氣已經轉冷了不少，就是穿著冬衣，靠著炭盆兒也多了幾分徹骨的寒意。

汴京的寒冬有一種乾燥的寒氣，沈傲有點不太習慣。

他盤膝坐在火盆旁，隨手撿起幾本書百無聊賴地看著，而這些日子，每隔一段時間，就有邃雅山房的小廝出去打探消息再回來向沈傲匯報，現在沈傲已經可以確認，他的炒作第一步總算是成功了。

沈傲將手中的書重重放下，坐在一邊昏昏欲睡的周恆惺忪地抬眼，看到沈傲勝劵在握的樣子，望了望窗外的天色，道：「表哥，到了什麼時辰？」

沈傲道：「快到正午了。」

周恆伸了個懶腰，抱怨道：「大半夜的叫我去買布料，害得我跑了七八家店，不知拍了多少門，累死了，詩冊賣出去了嗎？表哥的計劃如何？」

沈傲呵呵笑著抿嘴不語。第一步已經成功，第二個大殺器該放出來了，不過，這大殺器太凶殘，不知效果如何？

恰巧吳三兒端著幾樣小菜進來，笑著道：「正午了，吃點飯菜吧。沈大哥，你吩咐的事我已經都預備好了，什麼時候可以動手？」

吳三兒的表情顯得有些怪異，心裏想著：這個沈大哥，做事從不按常規出牌的。

沈傲無心享用美食，撥弄著火盆兒裏的木炭，隨意地道：「跟京兆府的張捕頭打好招呼了嗎？」

吳三兒點頭笑道：「打好了，遵照沈大哥的吩咐，叫人以沈大哥的名義傳了話。」

「這就好。」沈傲眉宇一蹙，大義凜然地道：「這齣戲唱好了，我保準蘷兒紅遍大江南北，下午是茶客最多的時候，就選這個時段開始吧。」

吳三兒頗有些心虛地道：「我們這樣做，會不會……會不會太過了些？」

沈傲義正詞嚴地道：「太過？我的三兒，我們是生意人，做生意，講的就是利潤，有好處，就是刀山火海也要下，千萬不能有婦人之仁。」

吳三兒連忙道：「我的意思是說，這種事，也會有人相信嗎？」

沈傲放聲大笑了起來，放下撥弄炭盆的棍子，起身道：

「炒作，講的就是真真假假，就是要誇張，狗咬人的事，誰有興趣討論？可若換成是人咬狗呢？越是離奇，就越能勾起大家的興致。至於真假，就不是我們關心的事了，越是難分真假的事，爭議就越多，爭議越多，我們的炒作就越成功了。三兒，你學著點，往後很有用處的。」

吳三兒終究還是信任沈傲的，點點頭道：「沈大哥在這兒用點飯，我去囑咐幾句，叫大家不要露了馬腳。」

內城寡婦坊不知是何時開始叫起的，若要追溯，只怕要說到百年之前，那個時候，這天下還姓著柴，據說因爲天下大亂，當時的汴京城四處徵募軍士，男子們都從了軍，北征之後，寡婦坊竟沒有一個男人回來，如此一來，憑空多出了無數寡婦，因而，這條街的名字也一直沿用下來。

這裏屬於內左一廂二十坊之一，內左一廂是汴京最繁華的所在，就在這兒不遠，便有一座土地廟，尋常遇到節慶，是再熱鬧不過的。

越是繁華的所在，潑皮和油子聚集的就越多，這些人遊手好閒，總是伺機在這裏尋一些外鄉人哄騙；文人墨客也不少，臨街的酒幡、茶旗、還有那艷紅色的燈籠高高懸起，只要腰間能有幾十個錢，總是能尋到作樂的地方。

只不過，今日這熙熙攘攘的街道上，卻是讓出了一條道兒來，行人甘願站到一邊去，驚奇的看著那徐徐過來的一支隊伍。

噢，原來是有人過世了，你看，那三四個女兒家穿著孝服，披著麻衣，哭哭啼啼地扶著棺材幾乎要昏死過去，路上遇到這種事，當真是晦氣得很。

不過，等眾人看得仔細了，都不由得倒吸了口涼氣。

咦，竟是三口棺材？

除了抬棺的腳夫之外，剩餘的竟全是女眷，這倒是奇了，莫非是一夜之間，家裏的男人都……竟連個送葬的男人都沒了。

寡婦坊裏不知多少年沒有出過這樣的怪事了，只見爲首的哭得死去活來的老嫗，已是上氣不接下氣，後頭兩個披麻戴孝的女兒家，倒是生得很別致，莫非這兩個是老嫗的兒媳？

三口棺材，三個女人，其中兩個年輕的寡婦哭得梨花滿面，當真是聽者傷心、聞者落淚，不過，也有些全沒心肝的東西，一心一意地只往那兩個年輕的寡婦姣好的身段上看，眉眼兒嘖嘖放光，好像是巴不得人家的男人全死了似的。

很快，許多人的疑問又來了，汴京城的墳場應在遠郊，就算家裏死了男人，也當是將這棺木趕緊的送到遠郊下葬啊。

入土爲安的事可不是說耽誤就耽誤的，而往這裏走，明明是通往二廂十六坊的路，那裏也是內城繁華所在；莫非，她們要圍著這汴京城繞一圈，再去安葬？

這可真是奇了，死了男人又不是高中了狀元，沒聽說過還要遊街的，今日真是開了眼界了。不過，倒真要看看她們到底要做什麼。

動了這個心思，許多人不由自主地尾隨著那送葬的隊伍走，哪一朝哪一代，閒人都是有的，有了熱鬧，就有看熱鬧的人。

這抬著棺材披麻戴孝的三個寡婦哭哭停停，聲音都啞了，不一會兒功夫，便轉出了寡婦坊，頃刻之間，尾隨而來的人竟是越來越多，乍一看去，不知道的人只怕還以爲今日又是趕廟會呢。

望了望天色，午時都要過了。沈傲支開窗，倚著窗沿，看到山房前的道路上人來人往，心裏忍不住罵了起來：怎麼還沒有來啊，本公子都等急了。

就在這個時候，抬眼眺望到街角處，呼啦啦的一堆人往邃雅山房湧來。

周恆從沈傲的後面探出頭來，嚇了一跳，驚道：「這麼多人？表哥，你這一次玩的是不是有點過火了？」

沈傲反倒露出滿意一笑，道：「玩的就是心跳，人越多越好。」

遠遠望去，越來越多的人從街角出來，烏壓壓的看不到盡頭，竟是將整條街巷都堵住了。接著，那隱約的哭啼聲傳出，撕心裂肺極了。

周恆一看，哇，表哥太殘忍了，這還是炒作嗎？這根本是玩火啊。

沈傲的心頭也漸漸有些發虛起來，人還真多了那麼一點點，本公子肩上的擔子很重啊。心裏腹誹了一番，沈傲頓時又笑了，對周恆道：「表弟在這裏壓陣，我下去看看。」

沈傲風風火火地下了樓，只見邃雅山房的大門大張，三口棺槨穩穩地擺在大門口處，往外看，黑壓壓的全是人，扶著棺槨的三個寡婦哭得死去活來，其中那老嫗看似背部抽動得幾乎要喘不過氣來。

看客們相互推搡著，一雙雙眼睛望向山房，心裏就在想，原來是要來邃雅山房。只是不知這三個寡婦抬著棺槨到這兒來做什麼？奇哉，怪哉。

越是奇怪，好奇的心理就勾了起來，看客們的眼珠子都捨不得動了，後頭看不到的，便不斷地問：「前面的兄臺，現在如何了？」

站在前面的踮腳去看，一邊還在回答：「邃雅山房的大門開了，開了。」聲音激動極了。

那老嫗哭了一陣，等所有看客的好奇心勾起得差不多了，渾濁的眼眸子一抬，便是直射進邃雅山房，殺機騰騰。

好戲開場了，離得近的看客心兒噗通噗通直跳，這老嫗，瞧面相，就是刻薄不肯吃虧的主兒，瞧這架勢，接下來必然要高潮迭起了。

這時，吳三兒提著袖子徐徐過來，微笑著朝老嫗一望，那臉色有那麼點兒尷尬，又有那麼點兒緊張，可是生意人總是掛著笑臉，這笑容卻是沒有打折扣的。

「邃雅山房的掌櫃出來了，嚇，吳掌櫃的脾氣倒是真好，竟還笑得出，厲害，厲害。」有人興奮得不能自已了，攥著手，臉色激動的通紅。

淚流滿面啊，汴京城多少年沒出過這樣的熱鬧了，平時瞧著別人說起坊間的趣事，星沫子滿天飛，如今，自己總算也遇到了一件了不得的事了。

吳三兒朝老嫗行了個禮，盡量擺出一副溫文爾雅的樣子道：「老夫人來此，不知所爲何事？」

吳三兒目光露出狐疑之色，落在那棺槨上，接下來的聲音便有點兒冷了：

「怎麼將這不吉利的東西扶來我們山房的門前？老夫人，在下打開門做生意，平時並不惹是生非，就是老夫人，在下也面生得很呢。」

那老嫗又是痛哭起來，一下子扯住吳三兒的衣襟，腦袋往吳三兒的懷裏去撞，接著從口裏說出來的話，看客們倒是聽清了：

「你還我丈夫，還我兩個孩兒，挨千刀的東西，今日老身與你拼了。」

人群頓時騷動了。

噢，瞧老嫗這副模樣，原來是這個玲瓏剔透的吳掌櫃害死了這老娘們的丈夫和兩個孩子。這……這是怎麼回事？吳掌櫃這樣面善的人，莫非原來是凶惡的壞人？太凶殘了吧。

吳三兒被老嫗拉扯著，頓時臉色不好看了，用手要將老嫗的手推開，可是無論如何也掙不脫，那老嫗的腦袋存心要往他的心窩裏頂。

吳三兒無奈，只好大叫：「老夫人，有話好好說，你這是做什麼？」

扭打了一陣，吳三兒顯然自恃身分，分明不是老嫗的對手，臉頰上布滿抓痕，身子的衣衫也碎落了不少，那袖襬子被老嫗生生扯下來，竟露出手臂。

看客們的氣氛頓時高漲起來了，興致勃勃地大聲叫好，有的說：「打死這喪盡天良的殺人凶手。」還有的說：「吳掌櫃連個老嫗都不是對手，如何殺人？」

正是鬧得紛紛揚揚的，突然見吳三兒不知從哪裡使出了勁，一下子將老嫗推開了，口裏還喘著氣兒。

老嫗不再死死纏著吳三兒了，屁股突地落地，便又嘶聲大哭起來，兩個小寡婦連忙蓮步過來，將婆婆扶起，也是梨花帶雨的哭著。

吳三兒狼狽極了，略略鎮定一下，道：「夫人，你莫要在這裏蠻纏，我這裏是做生意的地方，你耽誤了我的生意也就罷了，爲什麼還要打人？」

老嫗倚在一個媳婦的懷裏，哭得幾欲昏死，口裏嘶啞地叫道：「去，把顰兒那個狐媚子叫來，欠債還錢，殺人償命，躲得掉的嗎？」

顰兒？許多人突然之間有了印象，不就是沈公子詩裏寫的那個「態生兩靨之愁，嬌襲一身之病，淚光點點，喘氣微微」的嬌弱美人兒嗎？這樣的美人兒，怎麼可能害死了她的丈夫和兒子？

原本大家還只以爲是個命案，現在一聽，又覺得不太對頭，似乎另有隱情。今日這場好戲實在太刺激了，一波三折啊，只是不知這謎底什麼時候能揭開，眾人屏住呼吸，擦亮眼睛繼續觀看。

吳三兒冷笑道：「顰兒？和顰兒有什麼干係，你莫要胡說，顰兒一直待在邃雅山房，從未出過山房一步，跟你丈夫和兒子又有什麼干係？你可莫要血口噴人了，這可是有王法的地方。」

老嫗突然一下子不哭了，渾濁的眼珠子似是冒出了火，推開兩個扶著她的兒媳，朝著吳三兒冷笑連連，猙獰道：

「叫她出來，自然有個分曉，你不叫，我們說什麼也要闖進去。」

吳三兒自然不肯，雙方在門口處僵持著，說來說去，卻讓看客們糊塗了，吳三兒說了，韃兒一直未出門半步，怎麼和老嫗家裏頭的男人有干係？這倒是奇了。

吳三兒不按老嫗說的去做，老嫗便不肯罷休，頂著腦袋要往邃雅山房裏衝，卻被吳三兒死死地攔住，兩個人又是扭打起來，這時候，兩個小寡婦似也不肯婆婆吃虧，一口一個道：「打死那個狐媚子！」說著便一起衝上去撕扯吳三兒。

一邊是一個人，一邊卻是三個，一邊畏手畏腳，另一邊卻是不要命的架勢，頃刻之間，吳三兒被掀翻在地，竟被老嫗騎著，又是一陣抓撓，那兩個小寡婦也是不容小覷的人物，兩個人竟是什麼都顧不上了，死死按住吳三兒，也是一陣捶打。

看客們看得呆了，尤其是那兩個小寡婦，小蠻腰兒一扭，雪白的小臂在廝打時露出來，香艷極了。

老嫗、掌櫃、小寡婦，棺材、凶殺、傳說中的美女韃兒、如日中天的邃雅山房，這一樁樁事牽連起來，豈不正是一幕絕佳的好戲碼？看客們看得如癡如醉，一時間竟是癡了。

恰在這個時候，山房裏一聲厲喝：「光天化日之下，三個健壯如牛的婦人，欺負一個手無縛雞之力的掌櫃，真是荒唐。」

這句話出來，便看到一個俊秀公子搖著扇子從山房裏出來，劍眉微皺，很有威嚴。

看客們裏有眼尖的，便認出了這公子，忍不住道：「這位是沈公子，沈公子是邃雅山房的常客，對了，就是他作詩，讚美了蓁兒姑娘美貌的。」

眾人更是抖擻起精神，沈傲好歹也算是聞達人物，從他身上流傳出來的趣聞可是不少，如今這場不可思議的好戲中又加了個聲望不小的沈公子，更是引來許多人的好奇。

沈傲收起扇子，將吳三兒和三個寡婦分開，義正詞嚴地道：

「這等潑婦好大的膽，哪有這樣欺負人的，到底是怎麼回事，你若再說不出個理來，我立即將你扭送到衙門裏去。」

他這一聲大喝，倒是頗有威勢，再加上山房裏不少夥計衝出來，雖然仍是袖手旁觀，卻是將那老嫗嚇唬住了。

老嫗站了起來，冷冷地看著沈傲，道：「公子莫想要嚇唬老身，老身一家老小死絕，就是見了官也不怕。」

她雖這樣說，卻是忍不住地後退了一步。

沈傲道：「你要蓁兒小姐出來做什麼？還有，人家在這裏做生意，你為何把棺材抬來堵著人家的店門？」

似是給說到了最傷心的事，老嫗頓然又是哭了一會兒，道：

「我一家老小都是給那個叫蓁兒的狐狸精害的……我丈夫和我兩個孩兒都是送炭為

生，上一次，他們推著車兒來爲邃雅山房的後廚送炭，偏偏就遇見了那挨千刀的狐媚子，等到他們回了家，竟是茶不思飯不想，越漸消瘦，只幾天不到，竟然都一命嗚呼了。公子，這狐媚子有妖法，是害人精，今日，老身一定要討這個公道。」

老嫗的聲音不小，雖然聲音嘶啞，可是看客們卻都聽了個清楚，這一番話下來，讓所有人倒吸了口涼氣。她一家三口，竟只見過那蠻兒一面，就茶飯不思，死了？

世上哪有這樣匪夷所思的事，可是今日卻偏偏就撞見了，瞧那老嫗的神態，還有這三口棺材，倒似不像作假。

可是，這世上哪裡有只看人一眼，就死了的？

頭頂著暖和和的太陽，人山人海中，縱是汴京的寒冬再冷，也有人絲絲的冒著熱氣了。

只是看客們不以爲意，眼前發生的一切，過於匪夷所思，從古至今，看美人茶不思飯不想的有，可是父子三人悉數而亡的，卻是聞所未聞啊。偏偏，這樣的事發生了，還給他們遇著了。

那老嫗又哭又鬧，還有那棺槨，那淒淒慘慘的小寡婦，讓看客們不由得揉起眼睛，彷佛做夢一樣。

沈傲心裏偷著笑了，這個老嫗不知是吳三兒從哪裡找來的，問鼎最佳寡婦獎絕無問題，這爐火純青的演技，自然寫實的演繹方法，實在是太逼真了。

沈傲心裏高興，面上卻虎著一張臉，道：

「老夫人說的話真是好笑，你丈夫和兒子死了，和蘡兒有什麼干係？只是看了一眼，就茶飯不思的死了，誰會相信這種事情？我看你這模樣，倒是像來訛錢的，你們還是快走吧，否則我要報官了。」

老嫗抽泣著道：「我若是沒有證據，又豈敢胡說？他們回來之後，每日每夜念叨蘡兒的名字，這兩個字，我足足聽了千遍萬遍，豈能有假？」

看客們一聽，又抽了口涼氣，如此看來，這件事還真是板上釘釘，錯不了了。只是這種事卻也太滑稽了些，看了別人一眼死了，又和人家蘡兒有什麼干係？你自己的丈夫和兒子不爭氣，莫非也怪得了別人？

這時，許多人對老嫗的同情淡了，反倒對蘡兒多了幾分同情，蘡兒只是被人看了，莫非這也能怪到她頭上？紅顏薄命啊，只被人看一眼，便惹來這樣的麻煩。

可是再往深裏一想，這蘡兒到底會有多美？一家三個壯丁，看了這個蘡兒居然念念不忘的死了？莫非她的美貌，真的堪若天仙嗎？

帶著這個疑問，蘡兒在眾人的印象裏更加深刻了。

第五七章
素人爆紅法

整個汴京的人都記住了鸞兒這個名字，

許多人借用自己的想像，去猜測這個美人兒有多美，

記憶中最完美的女人是什麼模樣，鸞兒就化身成了什麼模樣。

一些附庸風雅的文人墨客，或為她寫詩作詞，倒是為自己抬了不少身價。

沈傲含笑佇立，那眉眼似是帶著一種似笑非笑的神采，薄嘴一抿，搖著扇子道：

「你死了男人和兒子，悲慟傷心也是難免的，可是這件事如何怪得到顰兒姑娘身上？你也是女人，若是別人看你一眼死了，難道別人也要尋你償命嗎？這種事，分不出對錯，這樣吧，我就做個和事佬，不如教吳掌櫃拿出點錢來，爲你們趕快把喪事辦了，這件事也就兩清了，如何？畢竟你丈夫和兒子都已經過世了，現在最重要的是入土爲安，俗話說死者爲大嘛。」

沈傲這番話倒是說得很有道理，看客們紛紛頷首，別看沈公子年紀小，人情世故倒是懂得不少，這樣處置，再好不過了。

既不能讓這老嫗傷害了顰兒姑娘，可是這孤兒寡母的，死了丈夫又死了兒子，若是吳掌櫃肯給她們點兒錢接濟一下，倒也算做了一件善事。

吳三兒忙不迭地掏出百貫錢引來，塞進那老嫗的手中，道：

「這點錢不算什麼，除了給他們下葬，剩餘的你們拿去補貼家用也是可以的。請老夫人快把棺材抬走吧，我這兒總要做生意的，若是你還是不依，就只能報官了。你想想看，官府來了，會聽你胡說八道嗎？到時候，說不準還要治你擾民呢。」

那老嫗猶豫了起來，看了看手上那一百貫錢引，那表情看起來似是不甘卻又有些害怕的樣子，不少看客紛紛趁機勸道：「拿了銀子快走吧，真的打起官司來，誰會聽你說的這些話，鬧得吳掌櫃面子上不好看，你能討到什麼好？」

也有幾個是唯恐天下不亂的，原本還想慫恿這老嫗鬧下去，可是見這麼多人勸說，便不敢開口了，怕惹起眾怒啊。

老嫗似乎將大家的話聽了進去，跺了跺腳，將錢引收了，悄悄地給了吳三兒一個意會的眼神，便道：「既如此，就罷了吧，只是可憐了我們一門三個寡婦，也只能倚著這點錢過日子了。」

她帶著無盡的悲傷，旋過身，拉著兩個兒媳，帶著幾分哭腔幽幽地道：「走，回去。」

沈傲看到最後，比起這個老嫗這麼盡善盡美的演技，在心裏直感自嘆不如啊。

這件事從開始到結束，不過半個時辰的功夫，只用了兩個時辰，便傳遍了整個汴京城。

比之先前的作詩更加轟動，但凡是認識不認識的，只要說了話，便忍不住提起此事，接著發表一番議論，品頭論足。

這種事自然也是有爭議的，流傳的人自然是一口咬定，是那一家子的男丁看到了鬢兒，接著茶飯不思，餓死了。

可是畢竟過於聳人聽聞，聽的人自然覺得不可思議，接著便搖頭，提出種種疑問，結果很多時候，許多人爲這裏面的爭議吵得不歡而散。

不過，整個汴京的人卻都記住了蘡兒這個名字，提起這個蘡兒，自然而然的，許多人便會借用自己的想像，去猜測這個美人兒有多美，記憶中最完美的女人是什麼模樣，蘡兒就化身成了什麼模樣。

一些附庸風雅的文人墨客，也懂得借勢的道理，見蘡兒的知名度躥升，便開始繪畫各種版本的蘡兒畫像，或爲她寫詩作詞，倒是爲自己抬了不少身價。

這件事的始作俑者，此刻卻是在飯桌前狼吞虎嚥，捋著袖子，吃飽喝足。等到只剩下一桌子狼狽的時候，沈傲摸著肚子，心情大好地呵呵直笑。

這個時代的炒作效果太給力了，自己一出手，就足以讓整個汴京城轟動，看來別說是蘡兒，就是恐龍妹，沈傲也有捧起來的自信。

心裏雖然歡樂地想著，卻是作出一副君子的矜持，對周恆道：「表弟，今夜你就睡在這裏，監督大家把衣裳趕工出來，要按著我的設計來，莫要耽誤了。」

周恆啃著一隻雞腿，嘴裏支支唔唔地應了，看到表哥今日與平時不同，飛快地狼吞虎嚥一番，將雞骨丟開，問道：「表哥，爲什麼教我在這裏看著?你夜裏有事？」

沈傲板著臉道：「雖然我們已經做了十全的準備，但是許多事卻是難以預料的，要想做到百戰百勝，就必須知己知彼，所以，表哥今夜打算犧牲一下，去打探打探消息。」

周恆噢了一聲，卻又覺得不對頭，下意識地問道：「去哪裡打探？」

沈傲語重深長地扶著桌子道：「表弟啊，你真是榆木腦袋，我問你，這汴京城，哪一個勾欄的實力最強？」

說到這個，周恆便眉飛色舞地道：「自然是蒔花館，蒔花館的藝伎名冠汴京，往年，都是她們屢屢奪魁的。」

沈傲一拍大腿，道：「是了，所以表哥打算今夜潛入蒔花館，將蒔花館的全盤計劃打探出來，這個打算很大膽，也很危險，但是想到那賞金，表哥就下定了決心，就是再危險，也不能阻擋我們奪魁的腳步，表弟……」

見周恆還想繼續說話，沈傲連忙拍了拍他的肩，目光堅定地道：「你不要勸我，我不入地獄誰入地獄，我是表哥，危險的事自然由我來承擔。」

周恆很認真地道：「表哥，這麼危險的事，我想我也可以承擔的；至不濟，我們可以一起承擔吧。」

靠，表弟裝得也太像了，好無恥。

沈傲斷然拒絕，虎著臉道：「君子不立危牆，我意已決，不要再說了。」

說著，沈傲便站起身來，去尋自己的紙扇。

和表弟一起去蒔花館，壓力有點大，沈傲雖然已經被玷污了，卻還是希望表弟能夠卓爾不群的，保住表弟的純潔要緊。

好不容易磨到天黑，汴京城的夜晚喧鬧極了，萬家燈火點綴在夜空之下，與星辰連接成線，那熙熙攘攘的遊客接踵而過，賣瓜果、糖葫蘆的小販在人群中穿梭吆喝，聲音都嘶啞了。

沈傲步行在人群中，在人群中推擠，感覺有點兒吃不消，第一次逛夜市，感覺不太好，有好幾個潑皮見他衣料華貴，迎面推擠過來，手上的功夫不慢，探入他的囊中，誰知卻摸了個空，那手腕恰好被沈傲抓住，沈傲搖著扇子嘻嘻笑道：

「小子，就這身手也敢來做賊？知道本公子是誰嗎？」

那小賊嚇住了，一邊的幾個同伴要過來，沈傲放開他，冷笑一聲：「偷盜，也是門手藝活，就你們這三腳貓的功夫，也敢班門弄斧。」說著，瞬間混入人群，只是他的手上，卻多了一個錢袋子，是從那小賊身上摸來的。

在手上掂了掂，沈傲便心裏清楚，那小賊今日的收穫不小，可惜撞到了自己，沒辦法，自己只好拿這錢袋子當學費了，讓他們買一個教訓。

吹了吹口哨，心情也漸好起來，沿著汴河折了個彎，便到了蒔花館，夜裏的蒔花館，更添一份溫馨，那小樓中，有唱曲兒的聲音傳出，宛如夜鶯夜啼，令人很舒暢。蒔花館的門口，佔地倒是不小，停駐的精美馬車竟是看不到盡頭，踱步過去，迎客的小廝打恭抱拳，見人便是一句公子、大人，殷勤極了。

沈傲雄赳赳地過去，這個時辰是買醉作樂的最佳時段，客人真不少啊。

這小廳裏數十盞包裹著紅紙兒的宮燈燃起，廳中之人，彷彿連帶著肌膚都變得鮮紅了。沈傲如今已算是熟客，倒是並不急，目光一轉，卻看到了一個熟悉的背影。

咦？他怎麼在這裏？

走過去看了個真切，忍不住對那桌上半醉之人道：「小章章，你不是回洪州去了嗎？怎麼還留在汴京？」

這個埋頭喝著酒，打著酒嗝，半醉半醒的人，不正是陸之章嗎？

那以往英俊的臉龐，此刻多了幾分頹廢，抬眸看到沈傲，先是一愣，隨即驚喜地笑道：「原來是表哥啊，表哥，來，坐下，陪我一塊喝酒。」

原來小章章也是同道之人啊，真沒有想到。

沈傲不客氣地坐下，自斟自飲了一杯酒，便聽到陸之章醉醺醺地道：

「表哥，你是不是覺得我很沒用，我……我……」

他的聲音有點嗚咽了，又喝了一口酒，才期期艾艾地道：

「周小姐瞧不上我，夫人讓我得罪了，就是國公，我的世伯，他也看我不起，自來了這汴京，我才知道，自己真是個廢物，武不能騎馬射箭，文不能作詩作畫，哈哈……沒用，我真是沒用……」

說著，他突然大笑起來，連眼淚都要笑出來了。

笑著笑著卻又哭了，全然不顧許多向這邊好奇地看過來的目光。

若是小章章要求親的人換了是別家的小姐，沈傲說不定會真心幫助他，最多，收小章章一點兒辛苦費就是。可是小章章看上的人是周若啊，沈傲是絕對不會讓他得逞的。

現在看他這樣頹廢可憐，沈傲猛地把桌子一拍，厲聲道：「小章章！」

這一句話駭人極了，不但是陸之章抬眸看著沈傲，廳中的其他人俱都向這邊望來，歡笑聲和曲聲戛然而止。

太激動了！沈傲激動過頭，一不小心，居然打擾了這麼多同好者的雅興，汗顏啊。好在沈傲臉皮厚，不去顧及那些投來的異樣目光，虎著臉道：

「小章章，我問你，你是不是男人？」

「男人？」

陸之章一時愣住了，猶豫片刻，才點了點頭道：「是。」

就這麼簡單的問題，他居然還猶豫，太失敗了。

沈傲心裏搖頭，繼續道：「是男人，就要拿得起放得下，不就是個女子嗎？明天找個更好的來，要比周小姐聰慧十倍，比周小姐美麗十倍的。」

沈傲說完，心裏卻是有些發虛，若是這小子知道自己和表妹有那麼一點曖昧，會不會掐死自己？

陸之章聽罷，眼中頓然露出茫然之色，過了半晌，臉頰抽搐一下，猛地，也去拍起了桌子：「表哥說得太對了，周小姐算什麼？她瞧不上我陸之章，我陸之章還瞧不上她呢！她有什麼好？臉上還生了幾個雀斑呢。哼，我陸之章將來的妻子，要比她好上十倍百倍。」

沈傲汗顏，拍著桌子怒吼：「小章章，你就不能給我留點顏面？你這樣說我表妹，我會很難堪的。」

陸之章清醒了一些，沒錯啊，沈傲是周小姐的表哥，他這樣在沈傲的跟前說她，是有點過分了，連忙抱歉地道：「表哥，我知錯了。」

「來，今朝有酒今朝醉，表哥和你喝一杯，喝完這一杯酒，你打起精神，去尋個如意妻子來。」

沈傲斟酒，率先仰脖子一飲而盡。

陸之章頷首點頭，拍著桌子大叫道：「大丈夫何患無妻，妻子的事不急，不過這杯酒，我是一定得要和表哥喝的。」

一杯酒下肚，話題就多了，沈傲又問：「小章章爲什麼還在汴京?不是說回洪州了嗎?」

陸之章黯然地道：「我不想再做個飯來張口衣來張手的大少爺了，留在汴京，希望能尋點事做，至不濟，讀讀書也好。」

沈傲心裏不由地想，讀書讀到了蒔花館，小章章也算是千古第一人了。

沈傲心裏暗暗腹誹，臉上卻是一副很支持的樣子道：「小章章有這樣的決心，那就好極了，你的天資不錯，真要肯用心，將來一定能有所成就的。」

安慰了他幾句，又問他住在哪裡，沈傲便道：「表哥現在有點事要做，你先在這裏喝點酒，我去去就來。」心裏卻是想著，這一去，或許不到明天清晨也不會來找他了。

見沈傲要走，陸之章突然一把拉住沈傲的手，醉醺醺地道：「表哥，我還有件事要問你。」

他的眼眸直勾勾地望著沈傲，嘴角微微抽搐，似在猶豫，片刻過後，終於鼓起勇氣道：「表哥，你是不是也喜歡周小姐?」

這一句問得很有深度，看來小章章近來智力見長了。

沈傲頗有些爲難，正在猶豫怎麼回答的時候；陸之章哂然一笑，訕訕然道：「我本就不該問的，哎，表哥的學問比我好，人比我聰明，我比不上表哥的。」

說罷，陸之章鬆開了拉扯沈傲的手，苦笑著道：「反正我已經放棄了，表哥，若是你娶了周小姐，或許能給她幸福吧。我只是一個富家公子哥，離了父母，什麼都不是，又怎麼能保護她。」

兩個人一口一個周小姐，便惹來不少人的鄙夷，一個大腹便便的富商笑呵呵地踱步過來對他們道：「兩位兄臺似乎有些孤陋寡聞了吧，在下不知周小姐是誰，須知這汴京城能令人朝思暮想的，也不過堪堪兩個人而已。」

沈傲抬眼，倒是來了興致，敢情這位胖胖兄是要給自己上課來了，便朝他拱拱手道：「哦？不知兄臺說的是哪兩個人？」

富商正色道：「其中一個，就在這小樓之中，自然非蓁蓁姑娘莫屬了。」

說著，神色漸漸有些黯然，一副差點要捶胸頓足的樣子，很是遺憾地道：「只不過，聽說蓁蓁姑娘和一個叫沈傲的傢伙眉來眼去，現在，就是見她一面也是千難萬難。」

沈傲笑道：「另一個莫非是師師姑娘？」

富商一聽，額頭上霎時滲出冷汗，連忙噤聲道：

「兄臺不要胡說，這個師……師姑娘嘛，是斷然不能朝思暮想的，我說的另一個，是邃雅山房的蘡兒姑娘。」

「蘡兒姑娘？」沈傲搖搖扇子，道：「蓁蓁我聽說過，蘡兒，她是誰？比之蓁蓁如何？」

富商露出鄙夷之色，低聲道：「公子怎麼連這個都不知道？蓁蓁姑娘是貶謫下凡的仙子，清新脫俗，卻仍有幾分煙火之氣。而蘡兒姑娘嘛，則是天上的仙女，雖無人與她謀面，可是見過她的人都死了。」

「死了？」沈傲駭然地看著富商道：「老兄，這種事你也相信，世上哪有人見了美人兒就死了的，你不要胡說，我是讀書人，聖人曾云，君子敬鬼神而遠之，這種事，你要說，找別人說去。」

見沈傲不信，富商繼續道：「公子竟不知蘡兒姑娘的事蹟？你可知道，她自出生開始，便有多少男人一眼看了她，茶不思飯不想，暴斃而亡？這不是因爲她是鬼怪，實在是她美若天仙，讓人一看之下，心神恍惚，不能自已，爲伊消得人憔悴，幾日之後，死了也不稀奇。」

沈傲嘲弄地笑了起來，道：「我倒是想聽聽，這什麼蘡兒小姐，剋死了多少人？」

富商掐著指頭算了算，心頭有些心虛，卻是一副信誓旦旦的樣子道：「沒有一千也有八百吧。」

沈傲還是不信，搖頭道：「這種坊間流言，不能盡信的，兄臺言過了。」說罷，沈傲便抬腿要走。

富商見沈傲滿是不屑的樣子，心知他不信，連忙拉住他道：

「兄臺留步，這件事千真萬確，實不相瞞，我認識的一個朋友，就是被這蘷兒剋死的，那一日在邃雅山房喝茶，只看了蘷兒一眼，回來之後便失魂落魄，口裏只喃喃念，蘷兒姑娘，蘷兒姑娘，過幾日就死了；這種事，我騙你做什麼？」

「哦？」沈傲來了興致，心裏想，泱泱大中華果然人才薈萃，造謠的本事淵源流傳，馬路謠傳而已，居然還有鼻子有眼了，且聽他還怎麼說？想著便問道：

「不知這朋友是兄臺的誰？你是不是親眼看他死了？」

富商正色道：「千真萬確，他是我大姨的嫡親弟弟的同窗好友，發喪那一日，我是親自去了的。」說著，掏出一本質量極差的小冊子來，往沈傲手裏塞：「公子看了這本書，自然就明白了。」

接過書，沈傲隨手翻閱，頓時汗顏，這寫的是什麼？蘷兒姑娘的前生今世？哇，好離奇啊！出生的時候居然室內芳香撲鼻，還有金光乍現，連老道士都出來了。咦？竟是洛神下凡，這也太離奇了吧。

還有更誇張的，小蘷兒還只是蹣跚學步，卻有國色天姿，她的四叔見了她，竟不明不白地死了。等到小韇兒長到十三歲，族中男丁竟紛紛暴斃，這哪裡是天仙下凡啊，太凶殘了，簡直是天煞孤星，極品妖孽嘛。

至於小韇兒又如何魂斷鄉里，蒙著臉兒被父母賣到邃雅山房，邃雅山房又死了多少人，一路下去，還真是看得讓人心驚膽顫，簡直可以拿它來做恐怖小說了。

中華兒女多奇志，這句話果然沒有錯；短短幾個時辰，居然就有人編了這麼長的段子，還將此印刷出版了，人才，了不得的人才。

富商見沈傲聚精會神地去看書，得意洋洋地道：「兄臺，現在可相信了吧。」

沈傲把書收好，笑呵呵地道：「這本書，在下就卻之不恭了，這韇兒嘛，我還是抱著懷疑的態度，不過，在下還有事要辦，先告辭了。」

拍了拍醉醺醺的陸之章，道：「過幾日再和小章章喝酒。」

沈傲沒有再耽誤，一口氣走到樓梯處去，向一個蒔花館小廝道：「我要見蓁蓁姑娘，蓁蓁姑娘在不在？」

那小廝想來一天回答這樣的問題，沒有一百也有八十遍，上下打量了沈傲一眼，客氣地道：「公子，蓁蓁姑娘已經閉門謝客，再不見外人了。」

沈傲心裏不由地想，這是什麼規矩？蓁蓁想見客就見，不想見就不見嗎？沈傲連忙摸出一個錢袋子，這錢袋子還是從那個小賊身上摸來的，將錢袋子帶到小廝的跟前，笑呵呵地道：

「小兄弟，去給我報個信如何，就說沈傲求見。」

小廝不為所動，將錢袋子推回去，正色道：「非是小人不肯給公子報信，只是小人身分低微，這二樓，也是不許上去的。」

沈傲無語，抬頭望了望二樓的走廊，眼睛一亮，朝著那倚著長廊的丫頭招手，歡喜地叫道：「環兒，環兒……」

環兒向下回眸一看，頓時駭得臉都變了，可是已經躲不過去了，期期艾艾地道：「沈……沈公子，你好。」

沈傲朝她勾手，笑吟吟地道：「環兒，你下來，我有事請你辦。」

環兒卻不敢下去，抓著勾欄道：「沈公子，你在這裏說吧。」

這裏說？沈傲臉皮有點薄啊，下面的客人不少呢，可是又沒有辦法，只好硬著頭皮道：「你去和蓁蓁姑娘說，就說我要見她。」

這一句話說的聲音不小，頓時引來更多人的注視，不少人翹著腿樂呵呵地想，這公子當真是不識趣，蓁蓁姑娘已經閉門謝客了，莫說是你這小白臉，就是我們，也再難一睹容顏的。

環兒頷首點頭，飛快地去了；那些坐客們卻都盯著沈傲，心裏都急盼看到沈傲吃閉門羹的樣子。

過不多時，環兒便下樓來了，對守著樓梯口的小廝耳語幾句，小廝點了點頭，朝沈傲抱了個拳道：「請沈公子上樓。」

沈傲拿出扇子搖了搖，在眾人的目瞪口呆中，呵呵一笑，道：「環兒，給本公子引路。」

那些看客們眼睛都直了，原來還想看這小白臉的笑話，誰知蓁蓁姑娘竟真的肯見他。

沈傲興沖沖的上了樓，前面的環兒時不時回眸看他一眼，心裏卻是複雜的很，心裏對他又懼怕，又覺得這個沈公子對於蓁蓁小姐來說，卻也是最可以依靠的人。沈公子面冠如玉，風流倜儻，看得很順眼。這倒是其次，除此之外，這蒔花館畢竟是風月場所，所談及的自然也是才子佳人，環兒聽得多了，也聽過不少人吹捧沈公子，說他文采好的，說他書畫好的，這些話聽得多了，自然而然的生出幾分仰慕之心。

還未步入蓁蓁的廂房，悅耳的琴聲便傳進沈傲的耳中，悠揚的琴聲，彷彿能洗滌人心一般，讓人不忍打擾。

沈傲輕聲進去，只見蓁蓁坐在几案前，倩指輕輕撥動琴弦，宛若仙子。

閣樓的閨房裏，夜風順著小窗的縫隙吹拂進來，縷縷琴音藕斷絲連，綿綿不絕，曲意翻新出奇，認真細聽，不正是沈傲教給蓁蓁的那首明曲兒嗎？

沈傲坐在几案的對面，臉帶微笑地側耳旁聽；蓁蓁抬眸，似是受了曲中的憂傷感動，眸中水霧騰騰，渾然忘我地繼續彈琴，琴音陡然低了下去，似乎緲不可聞，但深澗幽咽，細聽可辨，突然，卻又宛若彩虹飛跨，琴音陡然拔高，夭矯凌空，盤旋飛舞，最終安然無恙地平緩下來，似有幽怨，恰似曲中那跪坐在地的妻子，拉住了丈夫的衣襟，淒婉感傷，囑咐丈夫遠行切要小心在意，那離別之情，夫妻之間的竊竊私語，躍然琴上。

彈著，彈著，蓁蓁陡然淚花婆娑，那俏臉上劃出兩道淚痕，那樣子似是仙子落下凡塵。

琴音戛然而止，餘音似還在繚繞，沈傲笑著拍掌道：

「這曲兒到了蓁蓁手裏，竟又別有一番味道。」

沈傲這話倒是沒有錯，他給蓁蓁唱的是明曲，畢竟不是這個時代的潮流，蓁蓁略略改動，卻將整個曲子融進了北宋的風格，多了幾分市井之氣，看似落入了俗套，卻更加悲切動聽。

蓁蓁用手絹兒去拭淚，微微一笑道：「這是我為花魁大賽準備的曲目，讓公子見笑了。」

沈傲心裏不由地想，果然不出他的所料，看來蒔花館是真正出賽了。

沈傲道：「花魁大賽是什麼?我沒有聽說過啊。」

這句話就好像沈傲對著蓁蓁說本公子還是處男一樣，睜著眼睛說瞎話，偏偏他是面不改色的。

蓁蓁掩嘴笑道：「沈公子真會說笑，你是邃雅山房的常客，又爲蓁兒寫了一首詩，蓁兒已經參賽，這花魁大賽你怎會不知?」

沈傲噢了一聲，心裏卻想，蓁蓁怎麼也知道這個消息?她不是大門不出二門不邁嗎?連詩的事都知道得一清二楚，看來一定有人通風報信。

他抬眸一看，只見蓁蓁臉頰上生出一片緋紅，眼眸中似有幽怨之意，心中一凜，莫不是蓁蓁小姐吃醋了?

沈傲連忙道：「蓁蓁也看了那首邂逅蓁兒的詩嗎?」

蓁蓁別過臉去，音色柔和地道：「這種詩，奴家看來做什麼。」

看來真的是吃醋了。

沈傲正色道：「實不相瞞，那一日我見了蓁兒姑娘，當真是驚爲天人，是以才寫下那首詩。」

看了看蓁蓁的臉色有些蒼白了，沈傲心裏頓然生出憐惜，繼續道：

「不過，這個蘡兒倒是有趣，竟和蓁蓁生得極爲相似，差一點，我就將她當作了蓁蓁呢。只不過雖然相貌相似，可是那眉宇之間，卻比不得蓁蓁這樣有韻味，更沒有蓁蓁這樣多才多藝。我寫的詩雖然是贈蘡兒的，可是心裏，卻總是覺得蓁蓁的倩影揮之不去，這句話你不要告訴別人，若是蘡兒的粉絲知道我寫詩時，想到的人是蓁蓁小姐，我會很不安全的，說不定走在大街上會挨悶棍，打黑磚呢。」

沈傲說起謊來，真的是真摯極了，就差落下兩行清淚出來。

蓁蓁莞爾一笑，嗔怒著想說：「誰教你爲蘡兒姑娘寫詩的時候想著奴家了。」卻又覺得話說得重了，便改口道：「公子，粉絲是什麼？」

沈傲笑呵呵地道：「粉絲嘛，就是腦殘。」

「腦殘又是什麼？」

蓁蓁姑娘很好學啊，竟要追問到底了。

沈傲摸了摸鼻子，道：「這兩個字眼出自一部醫書，上面說：腦殘者無藥醫也。是腦子有了病。」

蓁蓁抿嘴竊笑，深知沈傲這話又是胡說八道了，卻故意板著臉道：「公子且坐，奴家還要練琴，花魁大賽已近在咫尺，不能耽誤的。」

沈傲這一次來，就是冒死來打亂蒔花館花魁大賽部署，心裏奸笑著對蓁蓁無聲道：就是要耽誤你。

想著，沈傲一下子湊到蓁蓁邊上去，低聲附在她耳邊道：「蓁蓁小姐，不如我們一起練吧。」

說著，不等蓁蓁頷首，便一把抓住她的手往琴上湊，口裏正經無比地道：「我來教蓁蓁姑娘彈一首曲子，純做藝術交流。」

蓁蓁又嗔又羞，低聲道：「莫不又是那淫曲，奴家才不上你的當。」

沈傲忙道：「蓁蓁就這樣看我的?好，我非要露一手給蓁蓁看不可。」

貼著蓁蓁那香暖的胴體，沈傲坐懷不亂，鼻尖環繞著蓁蓁如蘭的氣息，滿心要和蓁蓁切磋琴藝。

他撥弄了下琴弦，真的開始彈了，蓁蓁拿他沒有辦法，只好側耳傾聽。

第五八章
牡丹花下死

蓁蓁扭捏地繼續道：

「奴家和公子有了肌膚之親，那一日剛醒來，我見到公子，真恨不得將公子殺了。」

汗，殺人就不好了嘛！

本公子還沒有牡丹花下死，做風流鬼的覺悟呢。

沈傲眼見蓁蓁堅毅的模樣，心裏一凜。

沈傲一邊奏著曲兒，一邊唱：「兩隻老虎，兩隻老虎，跑得快，跑得快……一隻沒有眼睛，一隻沒有耳朵，真奇怪……」

聽到一半，蓁蓁便惱了，這個男人真是，一下子唱淫曲兒，一下子倒是正正經經地做了個極好的曲子，冷冷清清，淒淒慘慘戚戚。可是第三次聽他唱曲，卻又是換了如此幼稚的曲兒，虧他這樣大的人唱得出口。

想著，蓁蓁的粉拳忍不住捶打了沈傲的胸膛幾下，羞紅著臉道：「公子不要唱了，奴家不要聽。」

在這香閣之中，挨著美人兒的粉拳，沈傲愜意極了，連忙作出一副受傷的樣子，捂住胸口皺眉道：「蓁蓁姑娘力大如牛，這幾下七傷拳下來，威勢十足，石破天驚，沈某人佩服，佩服。」

伴著笑，沈傲接著又去撫琴，又換了個曲調，邊彈邊唱：「葫蘆娃，葫蘆娃，一根藤上七朵花，風吹雨打都不怕，啦啦啦啦。叮噹噹咚咚噹噹……」

蓁蓁聽不下去了，咬著唇只是笑，口裏道：「這是什麼曲兒，公子不要彈了，奴家被你一攪，今夜只怕練不了琴了。」

沈傲嘻嘻呵呵地一下子將她攬在懷裏，道：「練不了琴，我們練些別的吧。」

說罷，俯身下去，湊到那香噴噴的嘴唇前，卻恰好被蓁蓁的手攔住，蓁蓁嗔怒道：

「公子，不要好嗎，我今日有些累。」

沈傲吻在蓁蓁的手腕上，呵呵笑道：「你這小妖精。」

他今日清醒得很，雖是風流，卻不會下流，蓁蓁現在不願意，他就不強迫，不過，心裏頭還是懷著一點壞心思，故意在蓁蓁晶瑩如玉的手腕上留下了一個刺眼的吻痕。

蓁蓁一看，啊呀一聲，道：「留下這樣的印記，叫奴家怎麼見人。」

沈傲心裏很陰險地想：就是叫你見不了人。卻一副正經無比的樣子道：

「蓁蓁不用手擋著，自然就見得了人了，再說了，蓁蓁美若天仙，渾身上下沒有一絲瑕疵，美玉微瑕才真正令人心動，你看那和氏璧，就是有了個缺口，才能體現它的價值。」

蓁蓁扭捏著要從沈傲的手中掙脫出去，忍不住笑道：「奴家哪裡比得上那和氏璧，公子別拿蓁蓁開這種玩笑了。」

沈傲卻依然緊緊地抱著蓁蓁，道：「和氏璧算什麼，和蓁蓁一比，就注定要黯然失色了。」

蓁蓁咬了咬唇，不再掙扎了：「在沈公子心裏，蘡兒姑娘比之和氏璧如何？」

好大一個坑啊，一不小心答錯，說不定這一次冒死來打探消息，還真有性命之虞了。

沈傲繼續維持著笑臉道：「蓁兒？蓁兒雖然長得像蓁蓁，終究還是贗品，就好像和氏璧的贗品一樣，雖可觀賞，褻玩卻是索然無味。」

他的動作很俐落，當真褻玩起來，不知不覺中，手已朝著蓁蓁的雙胸襲去。

蓁蓁喘氣一聲，將沈傲的手打開，正色道：「公子，正經一些好嗎，我只想和你說說話。」

沈傲很想做禽獸，可是這個時候，卻不得不做個君子，連忙將手移開，道：「嗯，蓁蓁要說什麼？」

蓁蓁的眼眸中似是閃爍了一下，嘴唇一張，低聲呢喃道：「自那一夜……」

說到此處，俏臉已經紅透了，扭捏地繼續道：「奴家和公子有了肌膚之親，那一日剛醒來，我見到公子，真恨不得將公子殺了。」

汗，殺人就不好了嘛！本公子還沒有牡丹花下死，做風流鬼的覺悟呢。

沈傲眼見蓁蓁堅毅的模樣，心裏一凜，蓁蓁的性子外柔內剛，以後要注意。

蓁蓁喟嘆一聲，道：「只可惜當日下不了決心，可是當時，奴家卻是恨極了公子的，後來，公子說要一心一意對奴家，奴家心裏頭的恨意才稍稍消減了幾分。」

我說過嗎？有嗎？有嗎？沈傲心裏疑問，卻絕不敢說出來。拍著蓁蓁的蠻腰，感受那股火熱，道：「能遭美人恨也是一件快意的事，不知多少人想美人兒恨他一恨，都求之不得呢。不過，蓁蓁千萬不要喊打喊殺的，這樣不好，我們又不是江湖兒女，舞刀弄槍，會遭人歧視的。」

蓁蓁不理會沈傲的胡說八道，又道：「只是那一日，你送來那一束花兒，卻讓我轉了念頭，難得你總算還能記得奴家，奴家淪落紅塵，也別無所求，只求有個人能將奴家放在心上。」

蓁蓁頓了一下，又道：「所以呢，奴家便打定了主意，這一生一世，都寄託在公子身上了，公子，你呢？」

又是一個大坑，沈傲心裏有點害怕了，若是糊裏糊塗的人，腦子一熱，肯定會說，蓁蓁這樣待我，我一生一世也只對蓁蓁一個人好。可是這句話一出口，就等於給自己戴了個緊箍兒，蓁蓁先是喊打喊殺，話語中暗藏了某種威脅，之後語氣一柔，又是一副楚楚可憐的模樣，只怕說來說去，就在引自己表態呢。

沈傲道：「蓁蓁這樣待我，我自然對你好的，一生一世。」

好險，好險，還好本公子機靈，沒有著了她的道。

蓁蓁眼眸中閃過一絲狡黠，嗔怒道：「公子這個人，真是滑頭。」

沈傲哈哈地笑了起來，差點上當了，將她摟緊一些，貼在自己胸膛裏，感受著那一團淡淡的體溫，道：「蓁蓁的醋意似乎有點大，這個脾氣一定得改。」

「不改，就不改。」懷中的蓁蓁呢喃一聲，恢復了小女人的模樣，粉拳輕輕砸在沈傲的手臂上。

沈傲只是繼續笑著，後背的冷汗都濕透了，蓁蓁看來也不簡單，閱歷太豐富，話裏話外都藏著玄機，好在方才沒有分神，否則一句話拋出去，大大不妙。諾言這種東西，要有分寸的。

和蓁蓁說了一會兒話，沈傲目光一轉，便看到了那面牆壁。牆壁上多了一層簾子，他走過去，掀開那布簾，上一次在這兒題的畫竟還沒有抹去，那美人臥醉的神態，再想起方才蓁蓁的一顰一笑，彷彿作畫的時候就在昨天。

「哈哈，好書、好畫，尤其這一句『金剛不壞小郎君沈傲到此一遊』，真是玄妙極了。」沈傲朗笑起來，欣賞著自己的大作，愜意極了。

蓁蓁走過來，一隻手挽住他的手臂，另一隻粉拳化作了小鉗子，往沈傲胸膛上輕輕一擰，那蠻腰都要酥醉了，慍怒道：「你就不能正經一些嗎？這畫太羞人了，奴家明日就將它抹了去。」

從前沒有抹去，明日還下得了手嗎？要抹，只怕早就抹了。沈傲微笑著道：「若有機會，我再為蓁蓁畫一幅，用抽象派的畫法，哈哈，等我尋了顏料來就動手。」

蓁蓁自然不懂什麼抽象派，見他輕佻著眉，只當他又是想了什麼壞主意，身軀貼著他的手臂，呢喃道：「你就會欺負奴家。」

這一句話酥軟極了，沈傲摟住她，抿嘴不語，目光卻又落在案前，那案上擺著一個花瓶，只可惜瓶中的玫瑰花已是凋零，乾癟癟的垂在瓶沿上，沈傲擺弄著凋謝的花兒，道：

「這花已經枯了，還留著做什麼？」

蓁蓁俏臉窘紅，有一種被沈傲猜中心事的無措，呢喃道：「這……奴家是忘了將它丟掉了。」

沈傲的眼神變得無比溫柔，道：「我送給蓁蓁的，只是一份心意，至於這花，卻只是身外之物，不必看重的。」

「心意？你的心意是什麼？」蓁蓁終於尋了個反擊的機會，一雙狡黠的眼眸落在沈傲的下巴上，仰著頭，可愛極了。

沈傲輕輕掐了她的臉頰一把，笑道：「蓁蓁想聽我說什麼，我就說什麼。」

蓁蓁面色一紅，本還想聽聽沈傲怎麼回答的，誰知沈傲竟又將皮球踢給了自己。

蓁蓁抿著嘴不說話了。沈傲實在太狡猾了，幾乎找不到任何能夠轉敗爲勝的機會，蓁蓁心裏略有不服，卻也不得不佩服沈傲的急智，明明好幾次就要叫他就範，偏偏到了最後，卻總是抓不住他的狐狸尾巴。

二人依偎著說了些話，倒真似是成了一對小情人。

推開窗欄，夜景怡人，那嘈雜的市井之聲傳揚過來，蓁蓁眼眸中露出一絲懼怕，緊緊挽著沈傲的手臂，露出一些痛楚和害怕之色，低聲問道：

「公子，奴家這樣的人，你真的不會拋棄嗎？」

沈傲回過神來，嗯了一聲，隨即道：「蓁蓁是什麼樣的人？」

蓁蓁淒婉道：「公子難道不知嗎？」

又是一個啞謎，沈傲正色道：「我只知道，蓁蓁是沈傲的小情人，是沈傲的私物，我的就是我的，誰也不能搶走。」

蓁蓁嫣然一笑，眼眸中卻浮現出點點淚光，陡然想起一件事來，啊呀一聲，道：「沈公子，我差些忘了，今夜還要練琴，花魁大賽之期就要到了。」

說罷，蓁蓁旋身要回琴案，沈傲卻眼疾手快地一把挽住她，笑得很奸詐地道：「夜深人靜，撫琴給誰聽呢？還是陪我坐坐吧，撫琴要的是心境，你的心都亂了，再練，也徒勞無益。」

蓁蓁白了他一眼，嬌氣地道：「還不是因爲你！」說著，又旋身回來。

這一夜過得不快也不慢，兩個人默默地坐了一夜，沈傲倒是有非分之想，卻沒有得逞，只是他的奸計卻是得逞了，耽誤了蓁蓁練琴，倒也算爲邃雅山房出了份力。

清晨的曙光落下來，環兒便來叫門，沈傲告辭出去，下了樓，看到有個人醉醺醺地趴伏在其中一張桌案上打著酣，那不是小章章是誰？

沈傲走過去將陸之章叫醒，陸之章擦拭著迷濛的眼睛，頭暈腦脹地道：「噢，是表哥，表哥，實在抱歉，我失態了。」

沈傲呵呵一笑道：「來了蒔花館，就這樣坐一夜，有個什麼意思，快回去睡吧。」

陸之章苦笑道：「回去?回哪裡去？」

原來這傢伙竟連個落腳的地方都沒有，沈傲對他實在無語，這傢伙，當真是一點生存能力都沒有，便問他：「你帶來的僕人呢？」

陸之章道：「我已讓他們回洪州了。」

汗，沈傲對這公子實在無語，只好道：「你隨我來吧，我帶你去尋個住處。」

陸之章感激地看著沈傲，道：「表哥，我就知道你不會拋下我不管的。」

沈傲心裏咬牙切齒，上當了，這是苦肉計啊。

沈傲帶著陸之章回到邃雅山房，叫吳三兒給他安排了個住處。周恆帶著一臉不滿地過來問道：「表哥，你去蒔花館打探得如何？」

沈傲打著哈哈：「好極了，我已經得到了重要的情報。」

周恆道：「什麼情報？」

沈傲乾笑兩聲，道：「比如這一次蒔花館參賽的姑娘是蓁蓁。」

周恆瞪大著眼睛，道：「就只是這些嗎？」

沈傲不以為然地道：「表弟，你這是什麼意思，我冒著生命危險換來的情報，你這是什麼態度，這樣大的消息難道還不重要嗎？至少我們已經知道了對手是誰，是不是？」

周恆翻了個白眼，道：「大街之上隨便拉個人來問一問，都知道蒔花館參賽的姑娘是蓁蓁，表哥居然還不知道參賽姑娘的榜單已經貼出來了？」

「啊？是嗎？」沈傲聽罷，很是尷尬，只好笑著掩飾自己的心虛，道：「我累了，先去睡覺了。」

掐著指頭算了算，再過一天就是旬休，也是花魁大賽的日子，沈傲和周恆去了國子監，先是去唐嚴那裏銷了假。

唐嚴見沈傲安然無恙，已是樂不可支，笑著拍了拍沈傲的肩膀，教沈傲好好將落後的功課補上，卻又話鋒一轉，讓沈傲好好注意身體。

既要補課，又要注意身體，好話都叫他說盡了。沈傲卻是苦笑，心裏想，祭酒大人到底是教自己刻苦讀書呢，還是好好養養身體呢？好矛盾啊。

上了一堂課下來，今日國子監的氣氛顯得非比尋常，博士們前腳剛走，那些監生們便三五成群的聚攏成一團熱切討論，說的原來都是花魁大賽的事。

沈傲不動聲色地聽著，才知道監生原來也分爲了兩派，一派自然是力挺蓁蓁姑娘的，說是蓁蓁姑娘美貌無雙，必然奪魁；另一派卻是爲蠳兒叫好的，說蠳兒有天仙之貌，定能一舉問鼎。

雙方吵鬧不休，面紅耳赤，沈傲趁機笑吟吟地摻和進去，道：「諸位，諸位，聽我說句話。」

沈傲如今也算是名人了，至少監生們都是認識他的，好歹也都借著他的幌子告過假，頓時都沉默下來，想聽聽沈傲怎麼說。

沈傲道：「明日花魁大賽，我有一個內幕消息，諸位想知道嗎？」

監生們紛紛鼓噪，都說：「沈兄不要賣關子，快快說來。」

沈傲吊足了他們的胃口，才道：

「這一次，太學生已經放出了風聲，說要大力支持蓁蓁姑娘，說蓁蓁姑娘國色天香，必然大獲全勝，咳咳……這個消息我也只是旁聽來的，作不得準，還有一樣，就是不少太學生跑到賭坊去，買了蓁蓁姑娘問鼎花魁。哎呀呀，諸位想想看，太學生大多手頭拮据，這一次他們肯去賭這一把，必然是認爲蓁蓁姑娘穩贏的了，贏了錢回來，他們的手頭活絡了，便可以補貼一下平日的用度，所以依我說呢，還是蓁蓁姑娘贏了的好，太學生們也是很可憐的，總不能教他們輸了吧。」

這一句話出來，頓時有人義憤填膺地道：「如此說來，蓁蓁姑娘是斷不能贏了，太學的狗才們若是贏了，不知又有多得意了。沈兄，你這是婦人之仁啊，對太學生，不必有什麼同情之心，到時候花魁大賽，我一定支持蘡兒姑娘。」

說話這人方才還在爲了維護蓁蓁和人爭得面紅耳赤，等沈傲開了口，竟頓然矛頭一轉，要支持蘡兒了。

大家紛紛頜首稱是，都道：「對，支持蘡兒姑娘，花魁倒是次要，總是不能讓太學生好過。」

沈傲很遺憾地道：「諸位怎麼能如此，太學生生活拮据，我們雖然各爲其主，總不能教他們餓肚皮吧，他們若是輸了，只怕要勒緊褲腰帶苦熬到年關去。諸位於心何忍？聖人曾說，仁者愛人，門第之見不過是過眼雲煙的事，諸君千萬莫要爲一時的仇恨蒙住了眼睛，要有寬容大度之心。」

沈傲說得冠冕堂皇，就差點兒頭上頂個小太陽做天使了，悲天憫人，勸人爲善的拳拳之心溢出來，連他自己都差點被自己的一番話感動起來。

「沈兄此言差矣，監生與太學生絕不是門第之見，而是生死之爭，不但事關著臉面，更關乎我等將來的前程，太學生步入朝殿的越多，監生為官的就越少，我們與太學生誓不兩立，絕不能姑息罔縱。」

一干人七嘴八舌，大肆抨擊沈傲的觀點，有人齜牙裂目地道：「沈兄的心太軟，大家不必和沈兄多言了，明日去了花魁大賽，決不支持蓁蓁即是。」

「好！」這回答的聲浪，竟是久久不絕。

沈傲從人群中脫身而出，搖頭苦嘆，世風日下，人心不古，堂堂中央大學的學生，竟一個個睚眥必報，哎，書讀了這麼多，卻沒有寬容仁愛之心。還是本公子好啊，本公子就有一笑泯恩仇的寬容，宰相肚子能撐船，本公子的肚子只怕航空母艦都能撐下，和他們一比，這人品就高下立判了。

沈傲躲到一邊去孤芳自賞了一陣，等到下午上了一堂課，假期也就到了，同窗們各自拜別，紛紛約好一道去看明日的花魁大賽，許多人來相約沈傲，沈傲只是婉拒。

回到國公府，心裏糊塗過了一夜，清早起來時，總是覺得昨夜做了個夢，似乎是和春兒有關，可是努力去想，卻如何也想不出來。

哂然一笑。周恆便興沖沖的來了，同來的竟還有周若，周若穿著一件束腰的儒衫，髮鬢挽起，頭上戴著一頂綸巾，卻是一副公子哥的打扮，亭亭玉立的站著，那眉眼閃露出一絲譏諷之色，手裏搖著扇子，卻兀自到一邊去搧風，對沈傲愛理不理。

沈傲將周恆拉到一邊：「表弟，表妹今日做什麼？怎麼扮成個男人，莫非……」

周恆很通曉沈傲的心意，乾脆的點頭：「沒錯，就是女扮男裝，要去花魁大賽。」

「不是吧，這樣也行?!」沈傲愕然。

周若佇立一站，眉宇微微蹙起，手中的扇子收攏起來，一雙星眸卻是故意向遠處眺望去看風景。對一旁嘀咕的沈傲、周恆漠不關心。那嘴角微微翹起，卻是頗有些不屑地發出一聲冷哼。

表妹的脾氣千變萬化，幾天前還和沈傲談笑風生，今日卻又是另一副樣子了。

沈傲偷偷地瞄了她一眼，心裏就不由地笑了，周大小姐也要去看花魁大賽？這倒是奇了，不過，去就去，本公子奉陪到底。

心裏這樣想，卻總覺得表妹今日的態度有那麼點兒不同，不會又是自己哪裡得罪了她吧？隨即又是心思一轉，還是不管這麼多了，她脾氣這麼古怪，不搭理她就是。

正要叫周恆先去邃雅山房做好準備，卻聽到周若發出一聲若有若無的鼻音，隨即櫻口一張，扇骨遙指遠方，那風範有著說不出的俊俏倜儻；低聲吟道：

「兩彎似蹙非蹙籠煙眉，一雙似喜非喜含情目，態生兩靨之愁，嬌襲一身之病。淚光點點，喘氣微微……」

咦，念的不是本公子的詩嗎？這是什麼意思？沈傲突然醒悟了，噢，表妹是來諷刺他嗎？

周若吟完，卻是鼓掌笑了起來，這一笑，雖被綸巾、儒衫掩飾，卻似是生出了萬般的妖媚。

「好詩，好詩……」周若學著酸秀才模樣搖頭晃腦，星眸一瞥，最終落在沈傲身上：「沈公子以為此詩如何？」

得，連表哥都不叫了，直接叫沈公子；那俏麗的臉蛋上冰冷的很，銀牙輕咬，似是對沈傲恨極了。

沈傲呵呵一笑，道：「好詩，好詩。」便不說話了，這首詩還真為他惹來不少的麻煩，先是蓁蓁，今日又是表妹，看來往後作這種詩詞，還是佚名的好。

周若冷笑，卻是抿嘴不再說話。

三人一塊兒成行，門口處停的卻是兩輛馬車，周若先進第一輛，沈傲厚顏無恥地跟著過去，也要從車轅那裏鑽進去，周若在車廂內冷聲道：「你這是做什麼？」

沈傲道：「自然是和表妹同車了。」

周若厲聲道：「誰說要和你同車，否則我叫兩輛車來做什麼的？」

沈傲很遺憾地頷首點頭，口裏卻笑著道：「我還以爲表妹叫兩輛車，是我們坐一輛，表弟坐一輛呢，表弟這麼結實，這樣大的噸位，表哥吃不消啊。」

周若被沈傲悻悻然的樣子逗笑了，卻很快收斂，那一雙柳眉微微蹙起，舉著扇骨兒擋在沈傲的胸膛：「男女同車，多有不便，就請沈公子去和周大少爺擠一擠吧。」

沈傲呵呵一笑，只好跑到後一輛馬車去和周恆擠在一起了。

今日一早，邃雅山房的氣氛就緊張起來，茶客不少，通往二樓的樓梯卻被人守得死死的。

到了邃雅山房，沈傲三人從後門進去，恰好撞見了吳六兒，今日是吳六兒主持生意，還是顯得有些拘謹生疏；見到沈傲，有些慌亂。

沈傲對他哂然一笑，便問吳六兒：「三兒呢？」

吳六兒道：「就在樓上，爲花魁的事做準備。」

上了二樓，迎面吳三兒過來，他看到男扮女裝的周若，微微一愣，連忙對周若道：「大小姐好。」

這是反射動作，在周府當久了差，再看周若那冷面凝眉的模樣，便自然行禮了。

周若咬著唇道：「孁兒姑娘在哪裡？本小……公子要去看看。」

沈傲略顯尷尬，呵呵一笑道：「不急，不急，天仙般的美人兒總是要最後出場的。」

周恆抱著手，在一旁瞧著這劍拔弩張的兩個人，心裏不由地想：「表哥慘了，哼哼，這句話說出口，當著家姐的面讚別人是天仙，依著家姐的性子，只怕非要生氣不可。」

周若卻只是搖著扇子，雲淡風輕的樣子，只是那盈盈如水的眼眸中，卻是閃著點點的寒光。

吳三兒哪裡知道這些，也是笑呵呵地道：「沈大哥說得對，孁兒姑娘還在試衣、演練，沈大哥和少爺、小姐，先到廂房中坐一坐吧。」

坐了一會兒，周恆沉不住氣了，在屋子裏來回走動，不斷去看天色，沈傲只是喝茶，周若卻蹙著眉，似有心事。

三個人誰也沒有吭聲，氣氛有些尷尬，乾等了許久，吳三兒才過來道：「沈大哥，孁兒姑娘已經準備得當了，比賽還有三個時辰，現在是不是該去會場了？」

沈傲起身道：「走。」

三人出了門，周若搖著扇子似要張望什麼，只是這過廊處卻是孤零零的，略略有些失望，便隨著沈傲等人下了樓。

車馬是現成的，除了周府的兩輛，還有三輛停在汴河河畔的垂柳之下，其中一輛花車，更是精緻極了，車身上新塗的彩繪被輕紗帷幔遮掩，若隱若現，猶如欲拒還迎的美人，渾身上下都有一種奢華之感。

周若扁了扁嘴，望了那花車出了會兒神，俏臉一紅，卻是啐了一下。

過不多時，在許多侍女、小廝的拱衛之下，一個身段姣好，頭上戴著輕紗遮面的美人兒裊裊踱步過來，由兩個侍女輕輕扶著，誰也看不清她的面貌，就是衣衫也並不華貴，任誰也猜不出，這個盈盈而來的女人竟是汴京城最爲轟動的人物。

走至沈傲身前，蓁兒微微一福，道：「公子……」

沈傲輕輕一笑，上下打量了她一眼，什麼名堂都看不出，意味深長地道：「上車吧，我的花魁小姐。」

蓁兒在眾人的簇擁下上了花車，沈傲這才將目光移開，眼眸一瞥，卻看到周若皺著鼻子，冷笑連連。

沈傲湊過去，故意道：「表妹，皺鼻子很不好的，笑口常開，才會更加艷麗。」

周若跺跺腳，帶著些許慍怒道：「誰要你管，哼！」

周若冷哼一聲，便旋身上馬車去了，剩下沈傲在哪裡呆愣了半晌才回過神來。看來周大小姐今日的氣焰不小啊，小心爲上，小心爲上。

車輪徐徐轉動，車廂內微顫起來，周若坐在車廂裏，眉宇微皺，胸口微微起伏，實在是被氣壞了。

那個沈傲，以往見了自己便像蒼蠅見了血一樣，如今見了那蘴兒，卻又是對自己愛理不理，路遙知馬力，日久見人心，說得真沒有錯。想到方才沈傲去看蘴兒的眼神，周若心酸極了。

第五九章
枯藤老樹新芽

主持大會的人來頭卻是不小，乃是致仕的前禮部侍郎。

在這個時代，狎妓也算是風流韻事，主持這場盛會，非但不會令這前侍郎丟臉，說不定還能在士林之中增添一條風流韻事。

所謂枯藤老樹新芽，哈哈。

花魁大賽的賽場，位於闕城繁臺，所謂繁臺，相傳爲春秋時師曠吹臺，漢朝的梁孝王增築，大殿佔地極廣，可容上千人；外圍則是一堵圍牆，連綿數里，佔據著闕城之內最繁華的地段。

繁臺一側，則有不少廟臺樓宇，若是趕在廟會之時，必然是人山人海。

馬車停在繁臺的圍牆外，一行人護著蘡兒正要進殿；不遠處，卻也有花車停下來，數十個男女扶著一人盈盈落地，沈傲眺目望去，下地之人不是蓁蓁是誰？

冤家路窄啊。沈傲脖子一縮，盡量往周恆背後去躲，若是被蓁蓁看到自己跟著蘡兒來參賽，不知會是什麼樣的想法，還是小心些好，最近命犯桃花，少惹麻煩爲妙。

倉皇地進了殿，這曠達的大殿中卻是冷冷清清，時候還早，看客們還沒有來，先讓蘡兒到耳室裏去坐坐，沈傲陪著吳三兒去給蘡兒點卯。

主持大會的人來頭卻是不小，乃是致仕的前禮部侍郎，在這個時代，狎妓也算是風流韻事，主持這場盛會，非但不會令這前侍郎丟臉，說不定還能在士林之中增添一條風流韻事。

所謂枯藤老樹新芽，哈哈，沈傲望著這前侍郎，心裏想到這句古話，便忍不住樂了。

前侍郎姓徐，單名一個謂字，徐大人兩年前致仕，如今已到了七十高齡，人到七十古來稀，這白髮蒼顏、齒落舌鈍、老態龍鍾的徐大人，原來還有這樣的雅好，難得，難得啊，所謂長江後浪推前浪，這後浪已經過了一波又一波，前浪卻還戰鬥在第一線，實在令沈傲這個後輩不得不汗顏。

朝徐大人拱拱手，套個交情，徐謂捋著皓鬚，那渾濁的眼眸子卻只是打量沈傲片刻，板著老臉，堅決不受沈傲的誘惑，擺擺袖子道：「點完了卯，就快去耳室坐著，不要閒逛，更不要生事。」

沈傲討了個沒趣，心裏不禁地想：「就徐大人這樣的眼神，也能做主持？真是奇了，徐大人的眼睛好使嗎？」

沈傲在心裏腹誹了一番，拉著吳三兒又回到耳室，這裏倒是佈置得十分周全，沈傲他們剛到，立時便有人端來了茶點，眾人圍著桌子吃飽喝足，周恆在一旁道：

「表哥，你可知道這花魁大賽的典故嗎？」

花魁大賽還有典故？沈傲是第一次聽說。

周恆看沈傲那疑惑不解的樣子，便心領神會地解釋道：

「這花魁大賽第一次舉辦，即是大皇子殿下籌辦的，大皇子殿下性子敦厚，又不愛理朝務，平時除了看書，便是微服出來閒逛，有一日，他去了蒔花館，突然生出靈感，便籌辦了花魁大賽。那時候，恰恰是蒔花館的師師姑娘拔了頭籌。自此之後，雖然大皇子不再參與，可是市井卻都自發的籌辦，如今這花魁大賽，已經進行了第四屆了。」

又是大皇子，大皇子好清閒自在啊，又是鑑寶大會，又是花魁大賽。沈傲微微一笑，眼眸中閃出不可琢磨的亮光，皇帝、師師、皇長子、花魁、奪魁，這個皇長子，哪裡是不理朝務，是不敢去理！哪裡是生性敦厚，是不敢不敦厚。至於所謂的靈感，只怕是拍他爹的馬屁居多吧。

皇子果然是皇子，連拍馬屁都別具一格。這個大皇子，看來並不簡單，城府很深呢。

沈傲突然感覺到，歷史中的那個欽宗趙恆，並不是個懦弱無爲之人，從他一連串的手段，可以看出他的大智若愚。

那些自以爲聰明而洋洋得意的皇子並不缺乏，結果大多數都被歷史的車輪輾成了渣滓，而這個趙恆，既不討官家的喜歡，在後宮之中又沒有勢力，背了一個皇長子的名頭，猶如坐在火山之上炙烤，一不小心，就可能命喪黃泉。

要爭皇位，首先就要會裝孫子，明明對那至高的權位眼紅耳熱，卻要裝作一副淡泊名利的樣子；不但要裝，還要裝得讓人相信；讓人相信的同時，還要會討好賣乖。很明顯，這位趙老兄很擅長玩這一手。

不過這種事，和沈傲沒有干係，沈傲低頭喝了口茶，目光落在輕紗遮面的蓁兒身上，笑呵呵地對韉兒道：「韉兒不要緊張，等到時上了臺，只管按我的辦法唱曲兒就是。」

韉兒頷首，低聲道：「公子，我曉得的，一定按你的吩咐去做。」

好乖啊！沈傲對韉兒的印象大好，目光偷偷一瞥，卻看到周若搖著扇子將俏臉別過去，恰好看到她的耳朵上有著若隱若現的耳洞，沈傲嘿嘿一笑，道：

「表妹，你女扮男裝很不成功啊，別人一看，就知道你是小姐了，這扇子就不要搖了，再搖，也還是個美人兒。」

周若冷哼一聲，瞥了沈傲一眼，無聲地在心裏道：「我怎麼樣，要你管嗎？」卻是不跟沈傲說話，只微微蹙眉。

沈傲碰了釘子，只好闔目呆坐，養養精神。

過了晌午，日頭漸漸偏西，天色黯淡下來，那隱晦的光線不足以照亮耳室，好在小廝們想得周到，點起了幾支蠟燭，耳室裏又逐漸亮堂起來。

那大殿中已有不少看客落座，沈傲推開耳室的窗臺，從這裏往下看，大殿裏人頭攢動，在搖曳光線中，此起彼伏的發出各種嘈雜聲響。

從這裏往右看，大殿的上首處已搭建了一個臺子，拾階而上，是一層紅布鋪就的高臺。

沈傲從人群中看，發現了不少身穿監生儒衫的青年，此起彼伏的吆喝著同伴、同窗，倒是那太學服飾的太學生卻是少極了，沈傲心裏偷笑，監生家境大多都不差，十貫錢的入場費算得了什麼，至於太學生，那就不同了，除了幾個大富之家，其餘的大多出身清貧，別說進場，就是連瞄一眼的機會都沒有。

監生可都是支持蘡兒的生力軍啊，有了他們，沈傲的把握更大一些。

過不多時，吳三兒急匆匆地小跑步過來，對沈傲道：「沈大哥，方才我去代蘡兒姑娘抽了籤，蘡兒姑娘的出場是在最後。」

沈傲哦了一聲，問他：「出場是在最後好，還是在前好？」

吳三兒方才跑前跑後，倒是打聽了不少規則出來，便道：

「自然是靠前些好的，沈大哥你想，每個看客進場時都只能領取一個繡球，靠前演藝的姑娘們若是出色，他們腦子一熱，這繡球不就拋出去了嗎？等到最後，就算蘡兒再如何驚艷，他們就算想支持蘡兒，只怕手中也無繡球可拋了。」

沈傲猛拍窗沿，篤定地道：「不要沮喪，逆境中求取勝利才有意思，放心，這一次我們贏定了。」

他生怕吳三兒的話影響到了蘡兒，蘡兒畢竟是第一次登臺，比不得其他勾欄的老油條。

周恆不明就裏，頗有些忐忑不安地道：「表哥，我們真的能贏嗎？據說，這一次蓁蓁小姐要在這裏唱一首新曲，以她的實力，或許……只怕我們要贏並不容易。」

沈傲只是白了他一眼，便抿嘴不語了。

到了申時，看客們已經各自落座，烏壓壓的竟有千人之多，掛落在牆壁和梁柱的壁燈和燈籠將會場照得一片通白，不少看客已不耐煩地開始發出噓聲，催促姑娘們快些登臺。

沈傲此刻心裏也有些焦急，雖然放了大話，可是在沒有決出勝負之前，誰也不知道會發生什麼變故，監生雖然是顰兒的鐵票，可是誰也不知這些精蟲上腦的傢伙會不會腦子一熱，將繡球先丟出去。

雖然心急，臉上卻是一副鎮定之色，總算給身邊的幾個人帶來些許的欣慰。

沈傲回眸，恰好發現周若的眼眸不經意的落在自己的身上，燈光下的周小姐，膚光勝雪，雙目猶似一泓清水，那冷意略略少了一些，仿如冰山上融下的雪水，雖然冷冽，卻多了幾分柔和。

隨著一聲鑼響，沈傲來不及去猜度周若的心思，便聽到有人扯高嗓子道：「諸位安靜，花魁大賽，現在開始。」

這人話音剛落，全場肅穆，就是耳室中的沈傲幾個人也都湊到窗沿來，看著那高臺，急欲等著即將出現的美貌女子款款出來。

冉冉燈火之中，殿中落針可聞，無數人伸長了脖子，一個人影逐漸出現，一步步，不徐不慢，揚起的塵埃還未落地，第二步還未落下，此刻，所有人的心跳都逐漸加速了，粗重的喘息聲此起彼伏，在眾目睽睽之中，一個人影從幕後走到前臺。

靠！沈傲心裏大罵一聲，那高臺之上出現的不是個天仙般的美人，而是那個鬚髮皆白，老態龍鍾的徐謂，徐前禮部侍郎。

看臺上噓聲一片，眾人上吊的心都有了，千等萬等，等來的卻是這麼一個糟老頭子，失望之情可想而知。

徐謂板著個臉，對臺下的噓聲充耳不聞，按部就班地拱拱手，拼命咳嗽了幾聲，彷彿要咳出血來；其實他咳出血來倒也罷了，趕快叫人抬下去，叫美人兒們上臺，花了十貫錢進來看美人，誰願意看這張老臉。

咳完了，徐謂卻一下子精神奕奕起來，憋了許久才道：「請『清風閣』的壁君小姐上臺。」

徐謂說完，終於走了，眾人吐出一口氣，老爺子的腿腳不太俐落，這一來一走，不知耽誤了多少美好時刻。

隨即，一個女人裊裊而來，她折縴腰以微步，呈皓腕於輕紗；眸含春水清波流盼，頭上倭墮髻斜插碧玉龍鳳釵；秀靨艷比花嬌，指如削蔥根，口如含朱丹，一顰一笑動人心魂；左右顧盼之間，許多人就已經酥了。

璧君姑娘欠身坐在高臺矮凳上，在眾人睽睽目光之下，略顯羞澀，只聽她輕輕道：「奴家為諸位大人、公子獻曲一首，請諸位大人、公子不吝賜教。」聲音甜膩極了，隨即便有人搬上琴來，為她彈奏。

璧君眉眼兒一挑，便啓開櫻口開始唱起來。

她所唱的，只是市井之中最為常見的曲兒，說的是一個書生愛上了一個青樓的小姐，二人歡愛廝磨的故事。

這故事曖昧極了，許多人聽了不止百遍，可是自璧君口中唱出，卻別有一番風味，看客們只覺得自己變成了那書生，璧君成了書生的相好，在眉目傳情之中，相互調情示愛。

吳三兒眼尖，對沈傲低聲道：「沈大哥，這個璧君小姐，乃是『清風閣』最出眾的姑娘，在汴京城中亦是很有名望的，比之蓁蓁姑娘自然差得遠了，可是實力卻不容小覷。」

沈傲頷首點頭，抿嘴一笑，繼續去聽那璧君小姐的曲兒。

一曲唱完，眾人才回過神來，紛紛叫好，那壁君站起來盈盈一福，音質甜膩地道：

「謝諸位大人、公子抬愛。」

霎時間，許多繡球便向高臺拋去，竟有上百之多，想來壁君亦是很受歡迎的人物，初一上臺，便博得了不少人的青睞。

不過，大多數人還是較爲理智的，捏著繡球，卻沒有拋出，其實最後一個人出場雖然有劣勢，可是第一個出場的，也並不能討到什麼好；大賽剛剛開始，許多人尙在猶豫，自然不肯輕易將繡球拋出去。

等壁君步步生煙的裊娜而去，臺上臺下便有不少身手敏捷的小廝收拾地上的繡球，過了半炷香功夫，統計的結果出來了，壁君所得的繡球竟有一百二十個之多，這樣的成績，已是極爲了不得了。

沈傲心中略略估算，所有的看客加起來，只怕也不過一千餘人，一百二十個繡球，至少有兩成問鼎的希望。不過，現在的變數仍然很大，各個勾欄青樓的紅牌姑娘都不容小覷，不到最後，只怕這花魁稱號落入誰家，現在還不好斷定下來。

接著，又有幾個小姐上臺，或妖嬈的，或文靜大方的，或羞澀的，有的唱曲兒，有的彈琴，有的獻舞，頓時將氣氛推到了高潮，不過，之後的幾個小姐雖然聲色俱都是上佳，繡球卻得的不多，方才那壁君先登場，已讓看客們期望值升高，此時再不肯輕易拋出繡球了。

沈傲心裏預計，看客們現在呼聲最高的，只怕就是蓁蓁和蘡兒兩個，現在最擔心的就是蓁蓁先聲奪人，率先將繡球全部吸走。

就在這時，有人高聲唱諾道：「有請蓁蓁姑娘獻藝。」沈傲的手心頓然捏了一把冷汗。

聽到蓁蓁兩個字，所有人屏住了呼吸，一齊望向高臺，不多時，一個倩影盈盈而出，腳步輕柔。

眾人注目望去，嗓子眼都要冒出來了，那高臺上的清麗身影，卻不是蓁蓁是誰？

蓁蓁福首一福，道：「諸位大人，諸位公子，蓁蓁今日要爲大家所唱的，乃是沈傲沈公子的一首新曲……」

這句話道出，自然是許多人略略不爽了，據聞沈公子和蓁蓁二人有私情，甚至還有傳言，沈傲那傷風敗俗的傢伙已近水樓臺先得月了，許多人都不信，或者說心中隱隱期盼著不去相信。只是這一次，蓁蓁親口道出即將要唱的曲兒是沈公子所做，不少人的心思便動搖了。

沈傲和蓁蓁莫非真有私情？

有了這個心思，在座的不少人心如死灰，神色黯然，須知窈窕淑女、君子好逑，在座的哪個不承認自己是君子，蓁蓁這樣的美人兒自然是夢寐以求的了，可惜，可惜，好好的一朵花兒，被豬拱了。

沈傲自然不知道有多少人在心裏腹誹他，眼眸落在蓁蓁身上，隱約燈火中，只見她披著一件霞衣，純白絲織抹胸掩住胸前的豐盈，隱隱透著淡淡的水藍。下罩水藍色絲綢百褶裙，華而樸實，素淨淡雅而又不失大氣。裙襬巧然繡著朵朵素淨白蓮，透明色紗衣輕飄，如夢似幻，隱隱透現女子白皙光滑、吹彈可破的凝脂之膚。

比之方才的壁君，雖然衣裙比之樸素，亦沒有畫過多的胭脂、紅唇，可是此刻，只看到她，那壁君小姐的天顏卻在沈傲的腦海中慢慢淡忘，六宮粉黛無顏色，看來白大酒鬼的詩果然不是虛言，直到現在，沈傲才不得不相信。

那盈盈可握的腰肢雖是危危顫顫，可是渾身上下，卻除了脫俗的仙子之氣，再無其他了。

蓁蓁似是輕輕吸了口氣，美目顧盼，波光流轉之間風情自現；頰旁透著紅暈，淡淡散開；軟嫩誘人的粉唇微啓，珠玉落盤之聲仿若天籟傳出，先是一聲清唱，隨即盤膝坐下，撫弄身前長琴，叮咚樂聲作起，配著那天籟之音，所有人神情恍惚，竟一下子沉浸下去，陷入這美樂之中。

蓁蓁的聲線出奇的宛轉悠揚，彷佛真的變成了那拉住了丈夫的妻子，星眸落向虛空，卻似是在低聲呢喃訴說，那為丈夫擔憂的神情似是感染開來。

一曲終罷，眾人如夢方醒，霎時歡聲雷動，就是沈傲，也不得不佩服蓁蓁的表演，遠眺過去，只看到場中無數的繡球飛舞，鋪天蓋地。

吳三兒臉色都變了，心裏有些發虛，抬眸望了沈傲一眼，卻看到沈傲只是含笑，似是不為所動的樣子，這才漸漸放下心，心裏想：「沈大哥說能贏，就一定能贏的。」

不想周若冷聲道：「蓁蓁姑娘一曲驚動四座，這花魁非蓁蓁莫屬了。」

沈傲笑道：「表妹不相信我嗎？表哥說蘷兒能贏，就一定能贏。」

周若白了他一眼：「沈公子的話，我可不敢信。」

沈傲心裏一想，其實他也有些發虛，不過，不到最後，他是絕對不會輕易言敗的。靠，居然不相信我，須知誠信是我的立身之本，看來表妹對表哥沒信心啊。

蓁蓁盈盈而去，繡球的數量也統計出來了，竟有三百四十二個，比之方才成績不俗的壁君竟是足足多了三倍，這樣的成績，已是獨佔鰲頭，先前的幾個勾欄的頭牌，就是拍馬也追不上。

沈傲心裏清楚，若不是許多看客心中隱隱還有幾分期待，只怕這繡球也早已拋出了，若不是還有一個號稱看死人不償命的蘷兒的存在，蓁蓁奪冠，只怕是毫無懸念的。

晃眼之間，又有七八個姑娘上臺，唱歌跳舞不一而足，已經有人來通報蘷兒準備上場了，耳室中的氣氛緊張起來，沈傲走到蓁兒身邊，低聲道：

「蓁兒，這一次看你的了。」

蓁兒頷首點頭，雖被輕紗擋著，仍可看到她那臉頰上飛上一抹紅艷，福了福身子，由幾個侍女引著先去更衣。

沈傲朝吳三兒使了個眼神，吳三兒會意，也飛快地跟著去了。當然不是去看蓁兒更衣，而是先去佈置高臺。

終於輪到了蓁兒，等到有人唱喏著請蓁兒姑娘入場時，全場又是一陣窒息，傳說誰看了蓁兒一眼，便立即茶不思飯不想，吃不好睡不香，毅力好的保準消瘦個幾圈，把持不住的，非魂飛魄散不可。

這樣的美人兒，卻是所有人都不曾見過，眼看就要一睹蓁兒風采，所有人都不由得伸長了脖子，比之蓁蓁，蓁兒更令人期待。

只是先走上高臺的，卻不是蓁兒，而是吳三兒。

吳三兒呵呵笑著朝大家拱手道：「諸位，應蓁兒姑娘之邀，我們需將這裏佈置、佈置，請諸位放心，並不會耽誤諸位太多時間。」

吳三兒說罷，指揮著兩個隨來的小廝，在高臺上掛上六七盞粉紅燈籠，又在這高臺上灑下不少花瓣，那些看客這個時候卻沒有鼓噪，饒有興趣地在等待，要看看到底弄什麼玄虛。

粉紅燈籠一懸，整個高臺之上霎時之間變得朦朧起來，那粉色的光澤照耀著，卻多了幾分出塵之氣，吳三兒等人退散，便看到一個綽綽的身影，輕輕扭著纖細的腰肢，一步步走上高臺。

「是蘷兒姑娘，蘷兒姑娘來了！」

有人忍不住發出喊聲，眼珠子一動不動，卻似有些看不清，擦擦眼睛，只看到朦朧光線中，一個羸弱的身軀，身穿著粉紅玫瑰花緊身泡泡袖上衣，下罩翠綠煙紗散花裙，腰間用金絲軟煙羅繫成一個大大的蝴蝶結，鬟髮低垂斜插碧玉瓚鳳釵，顯得體態修長卻又弱不禁風。

這件衣裙，恰恰是沈傲爲她設計的，既用了一些北宋的衣裙特徵，又融匯了後世的大膽設計，尤其是那緊身的束腰裙，恰好將蘷兒的身材勾勒的誘人妙曼。至於那胸前繫著的大蝴蝶結，卻又多了幾分讓人忍不住呵護的可愛俏皮。

蘷兒盈盈徐步過來，她睜著大眼空無一物，似乎對眼前的事物漠不關心，那從所未見的步伐大幅度扭跨著，竟是懶貓搖晃一般，生出絲絲倦意來，遠遠望去，既動人又生出不可褻瀆之感。

這樣的衣裙和步態極具誘惑，也十分新穎，配合著那朦朧的光線，讓所有人都忍不住伸長脖子，不斷的去擦亮眼睛，要去看清顰兒的真容。

只是越是認真看，卻仍然只是看到那兩彎似蹙非蹙的柳眉，一雙似泣非泣含露的雙目，眼眶中似是淚光點點，除了一副羸弱之態，其他的細節，就再看不清楚了。

「果然是人間絕色，不可方物啊。」有人忍不住大發議論，雖看不清顰兒的全貌，可是只覬覦一角，在那朦朧之中，便已怦然心動了。

許多人紛紛依附，眼睛卻直勾勾地盯著一雙淚光點點的美眸，都有一種要衝上去摟住她的腰肢，悉心呵護顰兒的衝動。

這種心理暗示越來越強烈，竟是有人忍不住先將繡球拋上去了。

再美好的事物看得仔細了，也不過產生好感，可是那若隱若現的朦朧美感，卻讓人悸動不已。所謂妻不如妾，妾不如偷，偷不如偷不著，其實也屬於這種心理。

只看顰兒微微一福，看客們忍不住吸氣，倒是生怕她這弱不禁風的嬌弱身軀不小心摔倒，心都揪了起來，便聽到顰兒帶著楚楚可憐的聲音道：「賤妾見過諸位大人、公子，今日顰兒在諸位面前獻醜，就唱一首曲兒吧。」

她的聲音並沒有蓁蓁動聽，更沒有師師的妖艷，甚至還略有瑕疵，可是那楚楚可憐的聲音，卻是令人如癡如醉，讓人更添呵護之感。

纇兒雙手垂著，既沒有妖嬈，沒有刻意的去賣弄風騷，更沒有蓁蓁的仙子之氣，只是這樣一站，卻好像隨時要被風兒吹倒一樣，那弱柳扶風的腰肢，正如纖細柔弱的楊柳在風中搖曳一般楚楚動人，令人心生憐惜。

纇兒櫻口一張，便開始唱了：

「寒蟬淒切，對長亭晚，驟雨初歇。都門帳飲無緒，留戀處，蘭舟催發。執手相看淚眼，竟無語凝噎。念去去，千里煙波，暮靄沉沉楚天闊。多情自古傷離別……」

這首詞兒倒是並不新奇，乃是柳永的《雨霖鈴》，大意是說：秋後的蟬，叫得是那樣的淒涼而急促，面對著長亭，正是傍晚時分，一陣急雨剛停住。在京都城外設帳餞別，卻沒有暢飲的心緒，正在依依不捨的時候，船上的人已催著出發。握著手互相瞧著對方淚光閃閃的眼睛，直到最後也無言相對，千言萬語都噎在喉間說不出來。想到這回去南方，這一程又一程，千里迢迢，一片煙波，那夜霧沉沉的楚地天空竟是一望無邊。

自古以來，多情的人最傷心的是離別，更何況，又逢這蕭瑟冷落的秋季，這離愁哪能經受得了。誰知我今夜酒醒時身在何處？怕是只有楊柳岸邊，面對淒厲的晨風和黎明的殘月了。這一去長年相別，相愛的人不在一起，我料想即使遇到好天氣、好風景，也如同虛設。即使有滿腹的情意，又再同誰去訴說去？

這首詞在勾欄中流傳最廣，也最爲悲切，一個書生與青樓女互道別離，那即將千里相隔，或許一生再不能相見的酸楚躍然詞上，綿綿的哀愁之意，讓人不忍去聽。

顰兒的聲音並不美，可是唱出這首詞來，卻多了幾分悲慟之意，沒有琴音伴奏，只是佇立在高臺上，纖弱的身軀猶如一葉扁舟，隨時要被風雨吹打，唱著唱著，那淚光更是幾欲出來，連聲音也漸漸嘶啞了起來，卻更增添了幾分淒涼。

「聽得真是教人心碎啊。」沈傲卻全沒有心碎的樣子，喜上眉梢，原本他還怕顰兒作不出自己想要的感覺，可是誰知，這顰兒卻天生是林妹妹的料子。

周恆亦是沉眉，陷入迷醉之色，道：「表哥，顰兒這曲兒唱得雖不動聽，可是我聽了，卻覺得心裏酸酸的，好像有什麼東西堵著一樣，一口氣吞不下去，吐不出來，哎……我見猶憐啊。」

他搖頭晃腦的拽著文，臉色卻是難得的莊重。

周若亦是陷入深思，彷彿也被那動聽的曲兒感染了，星眸中落出點點淚花，被那詞中的故事感動。

再去看看客們的模樣，那顰兒的曲兒落下，看客們卻並沒有反應，彷彿在回味著餘音，許久之後，才紛紛鼓噪，大聲叫好，無數的繡球拋向看臺。

顰兒的角色，更像是個楚楚可憐的小女人，彷彿隨時都有不幸的事發生在她的身上，這種不幸流露出來的悲戚，感人至深，看客們霎時間都拋去了邪念，一時大受感動，手中有繡球亟不可待的拋出去，就是沒有繡球的，也為之傾倒的大聲喝彩。

鬘兒嫣然地退出高臺，只留下一道令人悸動的倩影和無數個飛躍而起的繡球。

等到統計出來時，數量不多不少，竟同樣也是三百四十二個，與蓁蓁相當。

沈傲預計，現在手中還有繡球的看客，最多不會超過百人，這些最後持著繡球觀望的傢伙，才是真正決定花魁人選的人。

從本心上，鬘兒一定要贏，就算鬘兒不贏，也絕不能讓蓁蓁奪魁，這是沈傲的底線。沈傲可以不要那一萬貫的獎金，卻不能容忍蓁蓁去奪這個勞什子的花魁；小情人做了花魁，或許是一件值得炫耀的事，可是對於沈傲來說，自己虧欠蓁蓁太多，現在蓁蓁更是將一顆心放在他的身上，若是只將她當作情人，實在太沒良心了。

雖然他和蓁蓁發生關係，是出於酒後亂性，可是既然自己對蓁蓁許下了承諾，就絕不會辜負蓁蓁，那種溫柔可人的滋味，沈傲只願意一個人獨享，只想給蓁蓁一個更好的未來。

讓蓁蓁去做花魁，這是何等殘忍的事，得便宜的只怕唯有「蒔花館」的東家；若是蓁蓁成了花魁，只怕「蒔花館」的東家更加不願意放過蓁蓁這棵閃閃發光的搖錢樹了吧。

他的女人，不該是一個為自己身世而默默自卑的女人，也不該是一個為了別人利益而存在的女人，她該在他的保護之下過得快樂起來。

第六十章
全民情敵

沈傲的一番話起了極大的作用，蓁兒的繡球數竟是扶搖直上，

其實沈傲採用的，只是一種很簡單的心理戰術。

在隱隱中，他已成了全民情敵，

他說要支持蓁蓁，投繡球之人瞬時產生逆反心理，偏不讓這個傢伙如願。

正在所有看客如夢初醒的一刻，十幾個籮筐擺出來，每個籮筐上貼著一張紅條兒，上面書寫著各個紅牌的名兒。

在座之人都知道規矩，這是最後一次投繡球了，有些看客一時還沒有拿定主意，正在思索，手中捏著繡球，徐徐踱步過去，隨即便有人高唱：

「蓁蓁姑娘得繡球一枚。」

不多時又喊：「鞶兒姑娘得繡球一枚。」

蓁蓁和鞶兒，二人仍在相持不下，周恆看得手心也捏出了冷汗，憂心忡忡地道：「鞶兒又落後一個繡球了，表哥，快想辦法啊。」

敢情周大少爺把沈傲當作神仙了，真是神仙，還參加個屁花魁大賽，直接點石成金，嬌妻如雲好不好？

一旁的周若若有所思，沉吟道：「這一次，蓁蓁小姐只怕勝券在握了。」

這一次，周若的俏臉上並沒有譏諷，柳眉蹙起，道：「鞶兒的優勢在於朦朧和短時間製造出來的淒婉之感，一旦這種感覺流逝，當有人回想起蓁蓁時，必然會清醒過來，所以時間越拖長，對鞶兒越不利。」

她的分析倒是很契合心理學的理論，人的感動時間並不長，或者說，腦子發熱得快，可是冷靜得也快；尤其是這些持著繡球一直觀望的看客，若是沒有一份冷靜，這繡球早已不知抛給了哪個姑娘，所以，表妹說得沒有錯，若是照這樣下去，蘴兒必敗。

沈傲偷偷地嘆息了一聲，微微一笑道：「看來，本公子要親自出馬了。」

他把玩著扇柄，陷入思索，隨即囑咐吳三兒一番，跨出耳室。

蓁蓁與蘴兒的繡球數量已經變成了三百五十一和三百四十五，很明顯，蘴兒已經落於下風，此刻，場中的繡球已經不多，不少拿著繡球的看客在籮筐前沉吟不語。

沈傲快步過去，走至籮筐前，笑呵呵地四顧張望，倒是有人認出了他，朝沈傲拱拱手道：「這位莫非就是沈傲沈公子？」

眾人一聽，噢，原來他就是沈傲，皆是好奇地望過來，上下打量，這位沈公子倒還真有那麼點才子的氣質，乍看之下玉樹臨風、溫文爾雅，尤其那雙清澈的眸光，有一種錐入囊中的銳氣。

據說沈傲與蓁蓁有染，又爲蘴兒姑娘作過詩，這兩大花魁的最大熱門人選，竟都和他產生聯繫，這艷福，真是羨煞旁人了。

沈傲點點頭：「在下正是沈傲，咦，兄臺的繡球爲什麼還沒有抛？」

那人攥著繡球，滿是猶豫之色，道：「不知沈兄有什麼見教？」

沈傲斷然道：「在下建議兄臺投給蓁蓁姑娘，呵呵，這蓁蓁姑娘和沈某人……哈哈……，兄臺幫個忙，來日定當重謝。」他搖著扇子，滿是曖昧的樣子。

那人奇道：「沈公子不是還爲韆兒姑娘提過詩嗎？說韆兒姑娘有西施般的美貌，我見猶憐，卻又爲何教我投蓁蓁？」

沈傲哈哈笑道：「這個嘛，兄臺，實不相瞞，韆兒只是在下的紅顏知己，蓁蓁姑娘才是我的目標，我看到韆兒時，便看到了蓁蓁的影子，是以才寫下那首詩，雖說寫的是韆兒，其實心中想的卻是蓁蓁。」

好複雜，才子的花花腸子果然不簡單；這一番話讓人目瞪口呆，瞧著沈傲得意的模樣，還真是令人生妒。

那人點點頭道：「好，在下就成全沈公子了。」說著，將繡球拋入蓁蓁的框中。

沈傲連忙謝過，站到一邊去，抱手觀看。

只見後來前來投繡球的十幾人，眼見沈傲的模樣，卻都將繡球投給了韆兒，沈傲方才那一句話，不就是提醒他和蓁蓁有私情嗎？現在想來，還是韆兒更純潔一些，若是花魁讓沈傲這廝給攬了去，這還了得？

沈傲的一番話果然起了極大的作用，韆兒的繡球數竟是扶搖直上，一下子追平，後來更是瞬間多出蓁蓁十幾個之多。

其實沈傲方才所採用的，只是一種很簡單的心理戰術，在隱隱中，他已成了全民情敵，他說要支持蓁蓁，投繡球之人瞬時產生逆反心理，偏不讓這個專美於前的傢伙如願。

　　顰兒一舉奪魁已成定數，沈傲心中帶著奸笑地回到耳室。耳室內，一股淡香傳來，卻是顰兒已經回來了，非但是她，就是蓁蓁也不知什麼時候坐在了顰兒的對面。

　　顰兒還是蒙著輕紗，朝沈傲福身行禮，蓁蓁卻是咬著唇，看著沈傲，眼眶中似有水霧。

　　以她的聰明，到了現在，哪裡還不知道這顰兒就是沈傲製造出來的花魁，只是方才沈傲為了令顰兒奪冠，竟親自跑去明褒暗貶，實在令她傷心極了。沈傲這樣做，莫不是為了討好這個顰兒？

　　蓁蓁心酸極了，淚花點點，看到沈傲的目光過來，連忙將俏臉別過去，只是那淚痕卻順著臉頰落下來。

　　一旁的周若，卻是幸災樂禍的樣子，看沈傲的眼神，更是不屑。

　　沈傲坐下，鎮定自若地道：「蓁蓁怎麼也來了？」

　　蓁蓁突然鼓起勇氣望著沈傲，道：「你若是不喜歡，奴家這就走。」她的語氣堅決極了，似是在下定某種決心。

沈傲苦笑一聲，對蘡兒道：「蘡兒，把你的輕紗摘下來。」

蘡兒連忙道：「是，公子。」

花影剛落，輕紗輕輕掀開一角，蓁蓁和周若忍不住去看，這一看，卻都是大吃一驚。

這個傳說中有著絕色容顏的女子，那朦朧中令人悸動的美人兒，此刻現出真容，卻讓人大失所望。

蘡兒的相貌並不出色，只能用姣好來形容，除了眉眼令人生出些許憐愛之心外，再沒有任何出眾之處，那鼻子略顯低了一些，破壞了臉部的美感，嘴唇卻又嫌略厚，那臉龐雖然尖細，可是整體的五官湊在一起，總是有一種說不出的瑕疵。

這樣的人，竟是要即將成爲汴京城色藝雙絕的花魁？蓁蓁一時愕然，周若手中搖著的扇子也差點跌落下地。

沈傲呵呵一笑，道：「蓁蓁，你明白了嗎？」

蓁蓁窘紅著臉，道：「奴家不明白。」

沈傲無奈地笑了笑，隨即拉住蓁蓁的小手，只是沈傲感覺到表妹那異樣的眸光自腦後傳來，卻依然很真摯地看著蓁蓁道：

「在我心裏，蘡兒是一定要做這個花魁的，不只是因爲一萬貫的獎金，更重要的是，絕不能讓蓁蓁奪冠。」

周若冷哼一聲，咬了咬唇，捏著扇子道：「這裏熱得很，我出去轉轉。」

周若盡量使自己裝出一副公子的大度，心裏卻是酸得很，不願意再看這濃情的場面。

吳三兒、鑻兒也都是乖巧之人，紛紛道：「是啊，是啊，好熱，我們也出去散散心。」

唯有周恆還在看著，瞅瞅沈傲，又瞅瞅蓁蓁，心裏悲憤的想，表哥什麼時候勾搭上蓁蓁了？一朵好花又插在了牛糞上。本公子也是此道中人，爲什麼就沒有姑娘瞧上本公子呢？

吳三兒臨走前，忍不住扯了扯不怎麼知趣的周恆的衣角，低聲道：「周少爺，你熱不熱，要不要隨我們出去轉一轉？」

周恆反應過來，噢，敢情大家都走了，留在這裏似乎不太好意思，本少爺最受不得這種場面，連忙說：「熱，熱死本公子了，這就走，這就走。」

一干人走了個乾淨，耳室裏瞬時靜謐下來，沈傲與蓁蓁相對，兩對眼眸兒交錯在一起。

蓁蓁似是猜出了什麼，卻是故意呢喃道：「沈公子這番道理似乎並不能服人呢，蓁蓁好傷心，眼看著沈公子去爲別人鞍前馬後，要算計的卻是蓁蓁這個弱女子。」

你是弱女子，那我就是武大郎啊。沈傲心裏明白，蓁蓁又在試探自己了，好大的一個坑，不過，此刻他卻出奇的認真，很真摯地道出了心裏話：

「我不希望我的蓁蓁去做艷絕天下的花魁，更不希望我的蓁蓁成爲別人的談資，否則我會吃醋的。」

這也算是沈傲第一次向蓁蓁明白地表明心跡了，其實還有一樣東西，沈傲沒有說，說來說去，他還在計算他的利益成本，要贖出蓁蓁，按照沈傲的預計，沒有幾萬貫也是想都不能想的事，一旦她奪得花魁，其身價只會倍增，到時候，花的可都是冤枉錢啊。

沈傲賺點錢不容易，將來要養這麼一個大美人兒，花費也是不小的，從現在開始，就要有開源節流的打算了。

蓁蓁面上飛出一抹緋紅，小巧的粉拳一下子打在了沈傲的胸口上，卻又咬著唇，似覺得有些捨不得下重手，低聲道：「蓁蓁不能奪得花魁，還怕沈公子將蓁蓁看輕了呢。」

沈傲輕撫著蓁蓁的秀髮，眼中浮現出深深的柔情，認真地道：「在我的心裏，我的蓁蓁永遠都是花魁，至於這汴京城的花魁……」

沈傲隨即神情一轉，笑著道：「哈哈……我既能讓蘡兒當這花魁，明日就是阿貓阿狗，豈不也可以令牠們奪魁嗎？」

寒冬臘月，鵝毛大雪飄然而下，撲簌大雪中的萬歲山，彷彿凝結了一層銀裝素裹，那奇樹異石上，彷彿蒙了一層冰霜，放眼望去，遠處白皚皚的一片。

趙佶披著蓑衣，站在涼亭外，負手看著雪景，內侍將熱茶遞來，趙佶回到亭中喝了口茶，卻似是想起什麼，又展開一幅畫卷在案上觀摩。

這幅畫，正是那幅自己所作的《縱鶴圖》，可是仔細一看，卻又不像，趙佶所畫的《縱鶴圖》，有一股特立獨行的清瘦之姿，可是這幅《縱鶴圖》，卻又是不同，那清奇的風格大減，多了幾分巧贍精緻的畫風。

趙佶是識貨之人，自是看得出這幅畫的價值，抖了抖蓑衣上的積雪，凝眉自念道：「同是《縱鶴圖》，卻有李昭道的風采，天下間善畫花鳥的，也唯有李昭道最令人敬服了。」

他闔目陷入深思，古往今來，善畫花鳥的畫師，一隻手指都可以數的過來，趙佶的花鳥畫亦是首屈一指，不過單論畫風，世人倒是更加推崇李昭道一些。

李昭道乃是前唐朝宗室，彭國公李思訓之子，長平王李叔良曾孫。擅長寫畫青綠山水，世稱小李將軍。兼善花鳥、樓臺、人物等等。趙佶對李昭道甚爲推崇，甚至時而發出不能與李昭道同生的感慨，此時見到李昭道的畫風，這《縱鶴圖》的畫師，竟是將其風格一絲不差的淋漓表現出來，令趙佶一時之間有著良多的感觸。

「觀此人作畫，真是驚爲天人啊。」趙佶嘆了口氣，這幅畫是小郡主前幾日送來的，送來時，紫蘅似是有些不高興，不過看了這畫，趙佶便將這些瑣事拋之腦後了。

這幾日時時拿出來觀摩，同是《縱鶴圖》，畫風迥異，相差就有千里之遙了，偏偏趙佶愛煞了這神秘畫師的李昭道風格，一時忍不住發出感嘆。

趙佶也曾臨摹過李昭道的畫，可是無論如何，也表現不出那巧贍精緻的筆鋒，越是極力要去模仿，越是表現不出那種韻味。可是那神秘的畫師，卻將李昭道的畫風表現的淋漓盡致，雖然偶有瑕疵，那底色背景略有偏頗，卻也算是自李昭道以來，最爲出眾的巧贍畫法。

趙佶深知，臨摹要做到弄假成真的地步，所需的畫技極高，就是他，也絕難做到這個程度，而這個神秘畫師，先是模仿自己的風格，隨即又模仿李昭道，擁有這樣畫技水準的人，天下間也尋不出第二個來。真是奇了。

趙佶沉默片刻，對身後的楊戩道：「將這畫兒裝裱了，懸掛到朕的寢臥去。」

楊戩頷首點頭，小心翼翼地捧著畫，正要遵照趙佶的旨意行事；趙佶卻又是想起什麼，道：「回來，朕有話問你。」

楊戩笑呵呵地道：「陛下吩咐即是。」

趙佶闔目道：「年關就要到了，國子監和太學，是不是已經開始籌備中試了？」

楊戩頷首點頭道：「已經開始著手了，禮部那邊正在探討考題，兩個祭酒，爲了過個好年，也都卯足了勁頭，聽禮部那邊傳來的消息說，太學那邊不少太學生要立軍令狀，不拿到今次中試的頭名，誓不罷休呢。」

趙佶莞爾一笑：「少年就當如此，有這個決心，才會發奮努力。」隨即又道：「那個叫沈傲的監生，爲什麼沒有聽到他的消息，這一次中試，不知他還能不能保持第一？」

趙佶回到宮城，卻只是說了一句沈傲這個人頗有意思，這話傳入楊戩的耳中，立即就會意了，因而對沈傲的動靜格外的上心。

想到這個沈傲，楊戩便眉開眼笑了，道：

「陛下，沈傲前些日子參與了花魁大賽，借著邃雅山房的名頭，竟真的奪了第一，後來又買下了一個鋪面，開起了一座茶肆，叫『邃雅山坊』，名字與山房是諧音，經營卻是不同；最可笑的是，此人竟將天下人都騙了，他捧出一個叫蓁兒的姑娘來，汴京城四下都在傳蓁兒姑娘美豔無雙，後來奴才叫人暗查，才知道這蓁兒姑娘，原來……原來……哈哈……」

他忍不住笑了起來，平時的楊戩都是規規矩矩得很，難得有這樣的放肆。

趙佶追問道：「原來什麼？」

楊戩道：「後來奴才才知道，原來這個蘡兒姑娘，容貌比起任何一個勾欄的紅牌姑娘來差得遠了；沈傲這個人，手段油滑得很，竟將天下人都糊弄了過去。」

趙佶莞爾，想起那一日隨沈傲在京兆府胡鬧的事，便知道楊戩並沒有虛言，換作別人，他或許不信，可若是沈傲，他不得不信，這個人，一向喜歡出奇制勝的。

慢悠悠地喝了口茶，趙佶微微笑道：「隨他胡鬧去，不過若是耽誤了學業，中試名落孫山，朕就好好收拾他。」

楊戩正色道：「不過說起來，沈公子雖愛胡鬧，可是到了國子監裏，讀書卻是很刻苦的，幾個授業的博士都對他讚不絕口，就是唐祭酒考校他的經義文章，雖然有些生澀，卻往往有一鳴驚人之舉。」

趙佶頷首點頭，露出些許欣慰道：「這才像話，若是一味胡鬧，將來怎麼堪當重任？」

楊戩卻從趙佶的話語中捕捉到了些許的深意，心裏想，沈傲的聖眷不輕啊，將來此人只怕要一飛沖天了，口裏卻笑道：「陛下說得沒錯，那奴才是不是該去給唐大人通通氣，讓他好生……」

趙佶打斷他，搖了搖頭道：「不必大張旗鼓，朕作壁上觀就好了。」

大雪飛揚，國子監集賢門口，卻是不少人提著食盒，打著油傘佇立等候。門前的牌坊已經被這輕柔的雪花輕輕的覆蓋了一層。每一片雪花都輕柔地盤旋著落下，灑落下來，紛紛揚揚。

踩著雪地泥濘，不少監生從監舍裏出來，與集賢門下等待的人匯聚到了一起。明日即是中試，中試之後就可以放假了，各府的夫人或親自披著裘皮狐衣，或差遣了信得過的貼身長隨，提著食盒、瓜果來探望。

沈傲和周恆都穿著蓑衣，在集賢門下張望，心裏略有失落，周恆顯然對蓑衣很是不滿，瞧瞧別的監生，大多數都是舉著油傘的，說不出的風流倜儻，自己被蓑衣包裹著，倒像變成了個粽子，很不自在。

花魁大賽之後，這一對表兄弟就做了甩手掌櫃，將其他的事都交給吳三兒處置，入了國子監，苦讀的苦讀，瞎混的瞎混，倒是互不干擾，想到明日就要中試，兩個人的心境又都不同。

沈傲這些時間讀起書來廢寢忘食，白日聽博士授課，到了夜裏，又將陳濟的筆記拿出來研讀，如今對經義文章總算有了些掌握，因而對中試，隱隱有了些許的期盼。

可是周恆卻顯得愁眉苦臉，廝混了這麼久，明日一考，回到府裏去，自然免不得一頓揍罵了。

「表哥，來了。」周恆的聲音頗有驚喜的意味。

沈傲抬眸遠眺，看到街角處，一輛打著祈國公府的馬車車輪碾碎兩道積雪徐徐而來，爲首趕車的，正是劉文。

沈傲笑道：「只怕是夫人來了，若是遣人來，何須劉大主事親自趕車？」

周恆悻悻然道：「只要我爹不來，其餘的都不要緊的。」

沈傲心知他怕極了自己的老子，便只是笑，心裏倒是巴不得周正來一趟，嚇一嚇他。

兩個人迎了過去，馬車堪堪停住，珠簾兒一捲，周恆的臉色頓時變了，來的人竟真的是他爹周正。

「父親！」「姨父！」兩個人匆忙行禮。

周正從馬車裏鑽出來，劉文匆忙地給周正打起了油傘，口裏呵呵笑道：

「少爺，表少爺，夫人今日身體不颯爽，沒有來，卻教我帶來不少糕點瓜果，你們多吃一些，明日好好考一場。」

沈傲朝劉文笑了笑，隨即望向周正，周正平日忙得很，想不到今日卻有這般的閒工夫，偷偷去看周恆，見他已是臉色蒼白，而且一副魂不附體的樣子，心裏便暗暗地笑了。

周正手指一點，遙指不遠處的一處屋簷，道：「我們到那邊去走一走吧。」

三人深深淺淺地用靴子踩著積雪泥濘，到了屋簷下，周正問二人的功課，二人自然答了，周正看到周恆言語閃爍，今日倒是沒有生氣，只是嘆口氣道：

「你文不成武不就，真要靠著爲父的庇蔭過一輩子嗎？哎，這麼大了，竟還是這麼不曉事。」

不知怎麼的，周正今日竟似轉了性子，對周恆並沒有苛責，目光落在沈傲身上，道：「沈傲，你的學業，我是不必問的，你比恆兒懂事，知道輕重，這一趟來，我有話要和你說。」

沈傲道：「請姨父訓示。」

周正微微一笑：「訓示做什麼？只是閒談而已，昨日我上朝，官家卻將我留住了，問起了你的學業。」

沈傲微微一愣：「官家怎麼會知道我？」

周正卻只是一笑，並不回答沈傲的問題。

沈傲心裏不由地想，莫不是上次考了初試第一，又請他老人家題了字，這皇帝老兒記恨上自己了吧？

汗啊，那題字雖然有點兒小小的過分，可是身爲皇帝的，怎麼就這麼小心眼了？

若說沈傲不震驚，那是假的，皇帝指名道姓地問他學業，這裏面到底蘊含著什麼玄機，是簡在帝心還是君威難測？這裏頭就不得而知了。

沈傲苦笑道：「姨父，不知官家問起我的學業，爲的是什麼？」

周正深望沈傲一眼，道：「你真的不知道？」

「好冤枉啊，我又不是趙老大肚子裏的蛔蟲，又哪裡知道爲什麼？」沈傲冤枉地想著，對著周正搖了搖頭。

周正吁了口氣，道：「你好好考試吧，考得好了自然極好，若是不好，官家說了，要好好整治你。」

沈傲愣了半晌，世上哪有這樣的規矩，考得不好就要整人？這也太蠻橫了吧。

沈傲心裏有些不放心了，皇帝是不是真的爲了上次賜字的事情懷恨在心，所以對他才是苛刻起來，好找到藉口爲難他？

隨即，沈傲又否定了自己的想法，人家是皇帝啊，有必要這樣嗎？可是不是這個原因，那是爲了什麼？沈傲還真是一時間怎麼也想不出一個所以然來了。

周正拍了一下沈傲的肩，道：「你也不必有什麼壓力，官家多半也只是說笑而已。」

說笑？不是說君無戲言嗎？沈傲心裏如此想，隨即又釋然了，大宋朝還是優待知識分子的，要相信朝廷，相信官家，官家再怎麼壞，也不至於拿一個監生為難。

沈傲心裏安慰了自己幾句，對著周正道：「姨父倒是嚇了我一跳。」說著哈哈一笑，作出一副悠悠然的樣子，安慰周正。

周正始終沉著眉，彷彿似有心事，又說了幾句話，便道：「你們進書院讀書吧，我也該回去了。」

二人告辭，乖張地進了集賢門。

周正負手站在國子監門外，天上的雪花飄落下來，紛紛揚揚地落在進德冠和他的肩上，他卻恍若未覺，遙看著沈傲和周恆的身影在雪中漸行漸遠，只留下兩行靴印，不由地嘆息一聲，苦笑道：「福禍相依，沈傲，全看你自己了。」

他清楚地記得，今日清早朝會時，官家將他留住，問起沈傲的近況，看官家的模樣，對沈傲似是沒有惡感，只不過身為國公，他卻並不希望此刻的沈傲簡在帝心，沈傲還太年輕，有些時候做事仍有欠周全，官家就算青睞他，可是伴君如伴虎，誰又知道，在下一刻，會不會迎來的是天子之怒。

活到他這樣的歲數，許多事都看得透徹了，沈傲還是太年輕了，若是再長個幾歲，更加成熟穩健，那個時候獲得帝心，得到聖眷，才是最理想的。

劉文悄悄地舉著油傘過來爲周正遮雪，口裏道：「公爺，這裏涼得很，還是到車裏去暖和暖和吧。」

「好。」周正若有所思的頷首點頭，上了馬車，對劉文道：「到熟瓜坊去。」

坐在車轅上的劉文一愣，熟瓜坊？這個地名雖然通俗，在汴京城卻是人盡皆知，那裏整整一條街，都是宮裏楊戩楊公公的宅邸，楊公公雖大多時候都在宮裏，可是這個時候，卻都會出宮休憩一兩個時辰。

那熟瓜坊，距離宮城是最近的，坐著轎子也不過半個時辰即到；楊公公聲望卓著，在這朝廷裏，卻是一言九鼎的重要人物，如今已經官拜至彰化軍節度使，手握重權，更是權勢滔天；平時國公與楊戩並沒有來往的，怎麼今日國公卻要去楊府呢？

劉文百思不得其解，卻不敢多問，忙應了一聲，駕馭馬車緩緩前行。

周正獨坐車廂裏，卻是闔目深思，是不是簡在帝心，他沒有把握，天下之大，能猜測官家心思之人，也不過兩個，一個是已經致仕的蔡太師，另一個唯有楊戩了。

爲了這沈傲，周正只好厚著臉皮去問一問了，這官家待沈傲，到底是什麼心思？只是欣賞？還是另有意圖？

周正微微吁了口氣，若是官家對沈傲單純地欣賞倒也罷了，可他最爲擔心的是，或者……皇上要借用沈傲，來借機給自己什麼暗示嗎？

車廂裏暖和和的，四壁都貼上了皮裘，靠壁處還懸著一個暖爐，吱吱地冒著香料的熱氣，周正嘆了口氣，倚在後壁，竟是不知不覺地睡了過去。

第六一章
出奇才能制勝

相思，相思，誰曾會想到禮部竟會以相思為題？！

這叫出奇制勝，打得考生一個措手不及。

沈傲凝神，這些混賬好陰險，不過，倒是難不倒自個兒，

自己的情場生活還算蠻豐富的，不至於手足無措。

天氣寒冷，雪花又是紛紛揚揚地往地上飄落，大地白得像是沒有盡頭似的，連續下了三天大雪，地上的積雪已經攢了一尺多厚，監生們讀書之餘，擋不住這寒徹，便喜歡跑到國子監東北角那梅林裏去喝點兒水酒暖胃。對這種事，博士一向是睜一隻眼閉一隻眼的，現在恰巧那臘梅盛開，花香撲鼻，很受監生們的青睞。

沈傲今日應邀去喝酒，在監生裏，他認識的人可是不少，認識他的人卻是更多，明日便是中試，不少監生的心裏卻是沒有底氣了，因此相邀沈傲去看臘梅。

七八個人笑呵呵地在四周綻放著臘梅的涼亭中坐定，一邊兩個監生堆砌起磚石，卻是在引火熱酒，顯然他們的經驗豐富，很熟練。

沈傲坐著，坐在他對面之人叫吳筆，在監生之中，也是極有名望的。

在沈傲沒有進監讀書之前，此人的才學只排在蔡行之後，如今蔡行卻不知是什麼原因，竟是掛名而去，再不來國子監了；這吳筆對沈傲倒是傾服，慢慢地與沈傲關係親密起來。

其餘的幾個都是沈傲的同窗，均是很相熟的，相互之間也沒有什麼忌諱，經常相互之間打著哈哈。

吳筆這個人倒是風趣得很，大冷天裏搖著扇子，滿心想要作出高雅的姿態，笑呵呵地對沈傲道：「沈兄，這裏臘梅盛開，大雪紛飛，何不如請沈兄先作一首詩來，給我們開開眼界，如何？」

沈傲給他翻了個白眼，無奈地笑道：「吳兄倒是機靈，卻只慫恿我來作詩，你倒能落個自在。」

話雖如此說，既然人家開了口，也沒有不應的道理，想了想道：

「東風才有又西風，群木山中葉葉空。只有梅花吹不盡，依然新白抱新紅。」

話音剛落，其他人紛紛叫好，詩還未品味出來，可是這份急智卻已令人大開眼界。

吳筆眸光一亮，道：「沈兄果然厲害，以沈兄的才智，只怕遇到了那驕橫的泥婆羅國王子，也非教他嘆服不可。」

一個同窗好奇地看著吳筆，忍不住地問道：「泥婆羅王子是誰？這名字倒是稀罕。」

吳筆哂然一笑，道：「泥婆羅乃是吐蕃以南的小國，國內多商賈，近幾日，他們的王子隨我大宋朝的商船前來晉見官家，說是要永修同好。可是這王子，卻著實是狡詐得很，我父親在禮部公幹，便是專門負責接待此人的，這人口裏雖然說要稱臣，可是出言卻是極爲不遜，尋了些邊陲之國的稀罕之物，四處要給咱們天朝難堪，據說就是官家，也頭疼得很呢。」

沈傲也來了好奇之心，微微一笑道：「官家也頭疼？這倒是稀奇，一個小國王子，也敢這樣放肆嗎？」

吳筆的父親是主客郎，說白了，放在後世，就相當於外交部下屬的禮賓司司長差不多，專門用來接待各國使臣的。耳濡目染之下，吳筆倒是頗有些國際視野，朝沈傲微微一笑道：

「這泥婆羅國與吐蕃接壤，又與大理、蒲甘互有疆界，吐蕃實力最強，而吐蕃諸部又與我朝共同應付西夏這一強敵，泥婆羅國雖然地寡民困，國中卻有兵馬七千餘人，吐蕃國甚爲忌憚，因而屢屢與我朝共禦西夏時，往往不敢出盡全力，以備腹背受敵。這一次，泥婆羅國若是能向我大宋稱臣，則吐蕃腹背之患不復存在，他們與西夏人有不共戴天之仇，恰好可成我們的左右臂膀。」

幾個同窗愣住了，頓時聽得有點兒反應不及，讀書人對國事雖然有興致，可是這種詳細的外交卻興趣缺缺，泥婆羅，鬼知道他們在哪裡，和他們的關係不大。

沈傲卻是聽明白了，原來官家的意思是想整合西南諸藩，好緩解西北部西夏人的威脅，泥婆羅雖小，若是能拉攏，自然還是儘量採取拉攏的手段，這泥婆羅王子就是再狂傲，即便身爲九五之尊，也得忍著。

沈傲笑了笑，繼續問道：「泥婆羅地處吐蕃之南，莫非就是那佛邦？」

沈傲依稀記得，佛教便是從這裏傳入的，這個小國曾經做過吐蕃的屬國，後來吐蕃分裂，分爲諸部，隨即又遭受了西夏人的侵略，因此逐而擺脫了宗主國的地位，想不到這國家雖小，膽氣倒是不小，這王子興沖沖地跑過來，只是單純地爲了來耍聰明的嗎？

沈傲覺得沒有這麼簡單，別看人家現在還是蠻荒小國，可是沈傲卻相信，人家的智商還是沒有問題的，這一次來，多半是有半推半就的意思，一方面有向大宋稱臣的意思，另一方面呢，卻又不甘心，想教天朝多拿出點好處來收買它，因此才千里迢迢跑來，卻又一副死豬不怕開水燙的樣子，沒有太多的誠意。

吳筆眼眸一亮，想不到沈傲連泥婆羅都知道，便道：

「此國雖是不起眼，據說卻是佛家祖源之地，與這個王子隨來的，正是一個泥婆羅高僧，說自己有什麼大智慧，把咱們宋人都不放在眼裏呢。其實依我看，我大宋人才濟濟，一個高僧，又有什麼稀罕，官家之所以忍著，便是不願去觸怒這小王子，想安安穩穩地教他們稱臣罷了。」

沈傲不以爲然，哂然一笑地道：「這世上從沒有怯弱讓人臣服的，對付這樣的人，就該讓他們瞧一瞧大宋的國力，該打棒子的時候打棒子，該給甜棗的時候給甜棗，你若是一味退讓，他只會當你是好欺負的。」

吳筆這個時候卻顯得老成持重起來，不認同地道：「沈兄這話就岔了，大宋乃是禮儀之邦，蠻荒小國可以無禮，可我大宋又豈能以無禮待之，來者即是客，哪有爲難客人的道理。」

沈傲摸摸鼻子，卻只是笑笑，這種大道理，就是爭個一萬年都爭不清楚，至於什麼王子，關他屁事，便無趣地轉移話題道：

「好了，就算是吳兄說得有道理。喂，王兄，我的酒還沒有暖好嗎？快上熱酒來，本公子喝了酒，要回去早些歇了，明日就要進考場，不能耽誤了休息。」

那王兄高聲道：「就來了，就來了，沈兄吵個什麼，王某人的煮酒絕技哪有這般輕易完成的，你再等等。」

眾人一聽沈傲高喊，便都鼓噪，紛紛道：「王兄這般的輕慢，還是退位讓賢的好，你的煮酒絕技不成，我們自可代勞。」

雪花紛紛，淡黃色的臘梅在凜冽寒風中綻放，笑聲隨著風兒傳開來。

熱酒終於上來，沈傲迫不及待地飲了一口，那溫潤的酒氣一入腹中，頓時感覺肚中多了幾分暖意，呵呵笑著與眾同窗閒談，大家說起明日的中試，便有人開始胡亂猜測中試的試題。

其實中試的試題仍是以詩詞為主，畢竟不同於科舉，科舉考經義文章，是為了更有效地擇取人才，而對於中央大學來說，經義文章在這個時代，仍然是被風流才子所輕視的。王安石變法，把科舉的規矩一改，頓時招來罵聲一片，其很大的原因，便在這科舉改革上。

作過文章才能做官，和從前寫出詩詞歌賦來，孰優孰劣不好判斷，作文章唯一的好處，只怕也只有公平二字，可要論及高雅和才學，卻非得推詩詞不可。

對王安石，監生是最痛恨的，最大的原因也在於此，他們的家境大多良好，耳濡目染之下，詩詞一向不差。可是經義文章講的卻全是勤學苦讀，要想作出好文章，就非得將那四書五經背個滾瓜爛熟，除此之外，別無他法。

論起刻苦，監生又如何能和太學生相比，因此王相公一變法，國子監頓然便遠遠落後於太學，直到近來才有所改觀。

幾個醉醺醺的同窗說到經義、論策，頓時就勃然大怒，自然免不得腹誹幾句，就連那吳筆也不能免俗，倒是道出了一個笑話，說是那位害人不淺的王相公也讀四書五經，只是怎麼讀呢？卻是將這四書五經塞在茅坑的牆縫裏，每次要如廁了，便拿出來讀一讀，順道兒擦擦屁股也是常有的事。

結果有一日，那四書五經全部化作了廁紙，王相公提著褲子衝出茅坑，捶胸頓地的哀嚎：「真是書到用時方恨少啊。」

眾人大笑。

這個笑話，諷刺的只怕是王安石只以區區幾本書取士，自然也有其荒謬之處。

沈傲對什麼新黨、舊黨，自然是不感興趣的，這些關他屁事，不過，王相公確實有那麼點兒對不住他，若是按從前科舉的規矩，自己隨便作出幾首小詩，哪裡還要每天去苦記四書五經，去揣摩那幾本書每一個詞的經義和注釋?!

他隨口笑笑，心裏卻是一凜：「太學和國子監的爭鬥，會不會和新黨、舊黨之爭也有干係？國子監是新黨的犧牲品，而對於太學來說，豈不恰好讓太學生成了既得利益者？原來如此……」

沈傲並不是笨人，只略略一想就明白了，其實所謂的黨爭，根本沒有誰忠誰奸，說到底，還是一個位置問題，站在哪個位置，就爲誰說話罷了。

譬如新黨的得力幹將蔡京，就是出生貧寒，還有曾布等新黨，大多出身並不好。反觀舊黨的司馬光、蘇東坡等人，卻大多是世家大族出身。沈傲大悟了，原來按他自己現在所處的位置，竟是個舊黨。

聯想到那轟動的朝議，導火線卻只是因爲自己是監生還是太學生的身分，惹得無數朝臣上疏，沈傲絕不相信，他一個監生能鬧出這麼大的風波？可是現在回想，卻突然明白了，自己其實不過是個幌子，是暫時鳴金休戰的兩黨死掐的一個觸點而已。

看來政治不太好玩，眼瞧著同窗們一個個悲憤莫名的模樣，沈傲心裏不由地發出感慨。

可是轉念一想，冷汗就忍不住流出來了，現在的他，等於就是舊黨的儲備幹部啊，可是這朝廷，前幾年還是以蔡京爲主的新黨當權，舊黨折損慘重，這兩年，因爲蔡京致仕，讓舊黨勉強喘了口氣。若真是按照歷史的發展，不久之後，蔡京之黨又要起復，對於蔡京，沈傲這個風頭正勁的舊黨儲備先鋒，豈不是上臺之後的第一個打擊對象？

沈傲才發覺，自認了周正爲姨父，踏入了這國子監，自己早已捲入了政治的漩渦，而這個坑，好像還是自己給自己挖的。

與同窗們心不在焉地閒聊幾句，回到寢室倒頭便睡，第二日醒來時，他又精神奕奕起來，管他什麼新黨舊黨，誰也別惹到本公子，否則就和他玉石俱焚。

有了兩世爲人的經驗，沈傲對許多事都看得開了，當年受國際刑警追捕了好些年，什麼環境沒有忍受過？現在還不是好好地活著？沒有杞人憂天的必要。

推開窗，一股冷風灌進來，目力所及，雪卻是停了，只是那樹梢、屋簷上的白雪卻是皚皚不消，給人一種涼瑩瑩的撫慰。

沈傲伸了個懶腰，感受著這股刺骨的清涼，微微一笑，忙去洗漱、擦臉。

中試的考場仍是在考棚進行，只是大雪皚皚，那考棚滲入消融的雪水，冰冷刺骨。

考生紛紛進入考場，據說這一次監考的，仍是禮部尚書楊真。

這倒也罷了，有人傳言，就是宮裏頭也來了人，說是官家很看重這場考試，特意遣了內侍在這兒等諸位大人閱了卷，挑出頭名，將試卷送入宮去。

這場考試不管是國子監還是太學，又暗暗起了較勁的意味；是以不但是官家，就是朝臣，亦十分矚目這場考試；現在就是等考生們答了卷，待成績揭曉之後，再有人彈冠相慶了。

沈傲被分在甲丑號考棚，這裏靠著考場邊緣，近處就是一堵高高的院牆，倒是恰好擋住了凜冽寒風，只是那考棚的簷上，卻是結著不少冰凌，冰凌融化，吱吱地往下滴水，沈傲將冰凌全部去除了，坐在凳上等待試題發下。

不多時，幾個監考的官員過來，為首的那個博士，沈傲卻是相熟的，正是自己的授課老師秦博士。

秦博士看到沈傲，只朝他笑了笑，拋來一個鼓勵的眼神；為了避嫌，又快步地離開。

等到試題下來，沈傲略略一看，中試比之初試顯然有了些難度，作詩自然是有的，除此之外，還要求考生作出一篇「經義」來。

詩詞的事倒是好說，沈傲真正的弱點還是在經義文章上，此時的經義文章比之後世的八股雖然更加自由，只要求文辭優美，能夠按著題目闡述其學術思想，抒發政治理想即可。

八股最講究結構的嚴整刻板，如破題、承題等基本部分是斷不能缺的。好在此時的經義結構上還沒有這樣嚴格的限制，但已略具八股雛形。

沈傲這數月來將四書五經背了個滾瓜爛熟，總算有了點底子，但作經義文章，卻還顯得生疏，好在陳濟的筆記為他指點了迷津，讓他學到了一些精髓，總不至於無從下筆。

看了經義的題目，題目是《非禮之禮》，沈傲沉吟片刻，頓時便想起了這個題目出自論語，原是子曰：「事君盡禮，人以為諂也。」大意是說：禮也要有度，過分的禮，難免被誤認為諂媚，有時候也會招致讒言。做人要站得直、行得正，禮到為止；為禮而禮，其禮非禮。

這個題目倒是頗有些難度，沈傲苦笑，所謂的經義，單這試題，就考驗了考生對四書五經的理解，若是不能熟讀，不能達到倒背如流的地步，只怕尋不到原句，不解其意，別說作文章，只有乾瞪眼的份。

這四書五經算是沒有白讀啊，沈傲在這方面的進步倒是神速，畢竟從前有不錯的古文底子，又遍覽古籍，學起經義文章來，比之尋常人更容易上手，再加上有名師指點，此刻雖是第一次正式作經義文章，乍看之下，倒是有了幾分信心。

「爲禮而禮，其禮非禮？該用什麼辦法破題呢？」

沈傲深深地皺著眉頭，一時竟是呆了。破題對於整個經義文章來說，是極爲重要的，一篇文章好不好，就取決於破題能否高明一些，若是破了個好題，接下來的文章就容易寫了。

他提筆不語，努力沉吟，腦中開始搜索著陳濟所寫的一些破題經驗。

一炷香之後，沈傲眸光突然一亮，終於有了那麼一點點的靈感，沉吟幾句，又似在喃喃自語，口裏不時念叨：這樣是否過於直白？接著搖了搖頭。無聲地念道：還是不妥。

不由自主地，沈傲又是雙目茫然地去咬筆桿子。

終於，半晌後，他突然抖動手腕，又將筆尖對準了試卷，寫道：

「古之人以是爲禮，而吾今必由之，是未必合於古之禮也；古之人以是爲義，而吾今必由之，是未必合於古之義也。」

待這一句寫完，沈傲滿意地站直身體，忍不住叫了一聲好。他選擇了時間的角度，從禮、義的古今之別入手，指出古人認爲合於禮、義的事，今人仍遵循照搬，那就未必合乎禮、義，就可能成爲非禮之禮，非義之義。

以這一段話破題，讓沈傲心中一喜，連自己都覺得甚是滿意了。須知像非禮之禮這樣的「截下題」，破題時，最忌犯下只能說題的「禮」，不能涉及到「義」的忌諱。沈傲在破題時卻照顧到了禮、義兩方面，如此破題，絕對算是極好的開篇，非但起到了承上啓下的妙用，同時也能讓人眼前一亮，頗有出奇制勝的意味。

「哈哈，好在陳師父的筆記已經記得滾瓜爛熟了，老油條師父別的沒有教，做的筆記大多都是教人破題承題的。」

沈傲此刻忍不住佩服起陳濟了，從前沒有涉及到經義文章，所以並不覺得陳濟這個相公有多少含金量，可是現在做起文章，再想起他的筆記，當真是妙用無窮。

破題之後，承題、起講就顯得簡單多了，短短的一句「古之人以是爲禮，而吾今必由之，是未必合於古之禮也；古之人以是爲義，而吾今必由之，是未必合於古之義也。」雖然短小精悍，卻點明了宗旨，接下來的文章該怎麼做，只需圍繞著禮義就成了。

沈傲絕沒有想到，傳說的經義竟這樣容易，從前他也曾試作過幾篇，卻都並不理想，現在卻發現許多障礙一下子卻是捋平了。

其實做八股，說容易也容易，說難也難；有的人下筆千言，一氣呵成；有的人卻是搔首踟躕，遲遲落不下筆。

說穿了，做八股，重在平時的積累，四書五經是底子，熟讀了便知如何下筆、如何破題承題。此外，一些四書五經之外的知識，也必須要有充分的瞭解，這個時代的八股不比後世，後世只要格式不出岔子，能自圓其說，再加上辭藻華麗，便算得上一篇成功之作。說到底，其實就是空洞無物，用無數辭藻去堆砌出一篇洋洋灑灑的文章來。

可是此時的經義，由於格式還不規範，自主的權力不小，因此，文章的好壞，看的不止是能否自圓其說，能否堆砌辭藻，還是言之有物。要言之有物，就必須有自己的觀點，而觀點，是需要大量的雜學來支撐的，眼界越大，寫的文章越是開闊。

沈傲的優勢就在這裏，禮義，禮義，一千年來，關於這二字的文章成千上萬，要寫出自己的風格，闡述自己的觀點，就必須肚子裏有貨。

他筆走龍蛇，一氣呵成寫下去，只片刻功夫，便將禮義相互捆綁在一起，讓人尋不到瑕疵。

等到一篇經義文章作完，沈傲直起腰，一邊吹著墨跡，心中生出些許得意之感。自穿越以來，他所謂的才學，大多數是摘抄後世的詩詞，沈傲臉皮厚，並不覺得有什麼，抄襲也是一門技術嘛，自己抄得還是頗有水準的。

不過這篇經義文章，卻是沈傲第一次親手作出來的，其結構還算縝密，破題、承題都密不透風，也算上上之作了，半年的辛苦沒有白費，前幾日更是臨時抱佛腳，熬夜看陳師父的筆記一直到天亮，如今突然覺得經義文章並不太難。

「本公子將來若是做不了官，還是可以去開個考秀才補習班嘛。嘿嘿，看來這做經義文章的技巧，本公子是已經掌握了。」沈傲心裏不無得意地想著，將文章放到一邊，翻開第二張試卷。

第二張試卷是作詩詞，題目卻令沈傲吃了一驚，竟是「相思」兩個字。

沈傲微微一愣，心裏不由地想，出題的老師腦子燒壞了還是怎麼的？這可是品德高尚的讀書人考試啊，取「相思」爲題，也太教壞小孩子了吧?!

太學生和監生，年紀有大有小，大的足有二十餘歲，家小也都有了，小的卻不過十歲左右，發育還沒有完全，禮部這些出題的人居然選了個相思爲題，真是稀奇。

其實，沈傲真的冤枉了這些選題的官員，他們也冤得很，要出題，得滿足兩個條件，一個是題材要偏，說白了，就是要出奇制勝，不能讓別人輕易猜中選題，否則人家早就寫好了，進了考場，直接揮筆而就，這試還考個什麼？

至於第二條嘛，自然是不能重複，唐宋以來，開科以及各種考試，沒有一千也有八百，以往的試題，自然是不能再取用了，否則便有重複之嫌。

可是，能選的試題都選過了，到如今，要選出一個新的詩詞題目來，真是難上加難，早在一個月前，選題的禮部官員就開始討論，一直在昨日，才好不容易選了這麼一個還可以接受的題目。

相思，相思，誰曾會想到禮部竟會以相思為題?!這叫出奇制勝，打得考生一個措手不及。

沈傲凝神，相思，相思，相思……這些混賬好陰險，不過，倒是難不倒自個兒，自己的情場生活還算蠻豐富的，不至於手足無措，不過嘛，得好好想想。

沈傲就這樣陷入沉思，時而凝眉，時而搖頭，時而苦笑，愣愣望著考棚外的皚皚白雪……

在集賢門下，卻是搭起了一個暖棚，門口兩個威風凜凜的禁軍站在棚外的雪中，懸掛著腰刀，虎背熊腰，雙眸如電，威武極了。

棚內生出一個炭盆兒，一杯熱酒捧在楊戩的手心上，楊戩穿著簇新的襖子，外面披著一件圓領裘衣，一雙眼睛似張似闔，另一隻手則托住了光潔的下巴。

楊戩兩旁坐著的，則是唐嚴和成養性，兩個人都有些心神不寧，卻都默然無語。尤其是唐嚴，時不時去為那炭盆加點兒煤炭，用銅撥兒去撥弄撥弄炭火，只是不作聲。

今兒一早，先是禮部尚書前來監考，隨即，連宮裏頭的內相也來了，這楊戩在官家面前是個十足的奴才，可是出了宮城，卻是權勢滔天的內相；這一次奉了官家的旨意，也是來督考的。

楊公公來了，誰敢不給面子？除了楊真坐鎮監考去了，這兩個祭酒，也都陪著他坐在這兒，偏偏這位楊公公今日也是心事重重，見楊公公不說話，誰也不敢先開口。

楊戩簡在帝心，是宮中最得寵的宦官，對官家的心思摸得通透，往年的中試，也不見官家有多上心，今年，卻又爲什麼叫自個兒來？

楊戩想起了昨日前來拜訪的周正來，周國公和他暫時並沒有利益衝突，關係也一直都不熱絡，可是昨日卻親自來拜訪，所爲的，不就是那個沈傲嗎？

至於官家，卻又是什麼心思？楊戩心裏覺得，或許與沈傲也不無干係。想不到一個小小監生，竟一下子成了眾人矚目的焦點。

楊戩又豈是一個白癡，官家是望沈傲成龍，好好考出個成績來；所以官家的心情，眼下全寄託在這沈傲頭上了，沈傲考得好，龍顏大悅，也沒什麼說的；若是考得不好，那雷霆之怒，誰知道會朝誰去？

他左思右想，心裏不由地想，官家如此看重沈傲，卻又有什麼玄機？莫非只是單純的欣賞？

依照他對官家的瞭解，楊戩不信，欣賞是有的，可是如此看重，卻是有些過了。除非官家另有打算，莫非……

楊戩面色凝重起來，不出一言，隨即表情又是一鬆，喝了口熱酒，左右顧盼，那光潔的下巴微微一抬，卻是對唐嚴道：「唐大人，咱家有些話想問問你。」

唐嚴眼中飛快地閃過一絲驚訝，隨即正色道：「請公公訓示。」

楊戩微微一笑，如沐春風地道：「訓示不敢當，只是隨意問問，這讀書的事，咱家也不懂，只是聽說國子監裏有個叫沈傲的監生，上一次初試考了第一，不知道他的學問如何呢？」

唐嚴心裏暗暗奇怪，朝臣們看重沈傲也就罷了，畢竟大家都是在藝能圈裏混的，沈傲會行書、會鑑寶，會作詩，自然引來不少人的青睞，可你一個公公，怎麼也問起這沈傲？有些撈過界了啊。

心裏雖是萬般的腹誹，臉上卻不敢露出絲毫的輕視，陪笑道：「公公，這學問嘛，有許多種，若論詩詞，沈公子冠絕汴京，青年才俊無人能項背，不是下官誇下海口，這樣的少年天才，就是百年也難得一遇。」

「不過……」唐嚴話鋒一轉：「若是論經義文章，沈傲倒是頗有天資，只是現在恰如未雕磨的璞玉，還需一些時日，方能有所成就。」

一旁的成養性目光一閃，掠過一絲喜色。

這一次中試，考的可不止是詩詞，還有經義；沈傲的經義文章，成養性猜不出他的火候，現在聽唐嚴所說，似乎這正是沈傲的短處。這倒有意思了，太學生一向是擅長經義的，尤其是程輝，其經義文章就是成養性見了，都爲之汗顏。

就算程輝的詩詞及不上沈傲，若是能在經義上占上風，這鹿死誰手，還是沒準兒的事。

楊戩聽了，微微嘆了口氣，心裏暗暗地想：「這麼說，沈傲的經義文章是沒看頭了，看來連唐祭酒也沒有必勝的把握，哎，真是令人心焦啊。」

唐嚴的一席話，讓楊戩的心中不由地多了些煩惱，抿著嘴，卻不再說話了。

這時，突然從外頭傳來一個禁軍的大喝聲：「是誰這樣大膽，竟敢擅闖國子監！」

這一句話問得突然，教楊戩皺了皺眉，今日國子監、太學中試，可是極莊嚴的時刻，是什麼人要闖進來，這可不是好玩的。

見楊戩的臉上突然變得陰沉，唐嚴見狀，連忙起身道：「下官去看看。」

話音剛落，外頭便有個清脆的聲音道：「我要進便進，跟你有什麼干係，快讓開，我要尋沈傲。」

唐嚴一時愕然，又是尋沈傲的。上一次沈傲提前交卷，便是被人尋去了，今次絕不能重蹈覆轍，想著便急匆匆地衝出棚子。

只是這個時候，楊戩的臉色卻又是一變，默不作聲起來，那怒意也隨之冰釋。

第六二章
郡主的清白

趙紫蘅理直氣壯的大呼小叫：

「本郡主怎麼能學騎馬？喂，你是在污蔑本郡主的清白嗎？」

「清白？」

沈傲這才發現，自己的胸膛貼著她的脊背，

那髮絲的皂香，還有那清晰的體香混入鼻尖，久久不散。

唐嚴步出棚子，自有一副威嚴，心說：是誰這樣大膽，敢來國子監喧嘩，踩著雪往前走，眼睛一掃，卻看到那白雪堆砌的集賢門下，來的卻是一個小姑娘，這小姑娘打著油傘，傘下顯露出秀雅絕俗的臉龐，隱含著一股輕靈之氣。

髮鬢未梳，披在後肩上，顯然還未到及笄之時，膚如凝脂，白裏透紅，溫婉如玉，晶瑩剔透；尤其是那雙一泓清水的眼眸，有著說不出的可愛。

不過，這女孩兒卻是膽子不小，正與兩個帶刀禁軍對峙，竟是一點兒也不害怕，秀眉一蹙，怒道：「放肆，你們竟敢攔我？萬歲山我都想去就去，更遑論是這國子監，快讓開。」

這女孩兒身後，跟著一個車夫，一個丫頭，那車夫生得魁梧，丫頭亦是伶俐，不過，丫頭顯然沒有慫恿女孩兒闖國子監的意思，只是拉著女孩兒的袖子，勸解小姐打道回府，不要生事。

倒是那車夫卻是抱手冷笑，一雙眼眸如錐入囊中，似笑非笑地打量著這兩個禁軍。

其中一個禁軍怒道：「這裏是考場重地，快快閃開，再往前一步，莫怪我們不客氣。」

女孩兒正要說話，身後的車夫卻是冷冷地道：「好大的膽子，不認得清河郡主嗎？」

這一句話如晴天霹靂，兩個禁軍頓時愣然，一時間倒是分不出真假，便看到那女孩兒要往前走，其中一個禁軍情急，他們奉了楊公公之命，不許閒雜人等進入考場，便一手往女孩兒肩上抓去。

其實，此刻這禁軍的心思，沒有絲毫冒犯之意，只不過反應不當罷了。

誰知手剛剛要搭到那香肩上，那車夫卻是突然動了，如電抓來，恰好抓住禁軍的手腕，輕輕一扭，那禁軍吃痛，便感覺整隻手腕都已斷裂，大叫一聲，撲倒在雪地上。

唐嚴是個文人，哪裡見過這樣的陣仗，剛剛要呵斥一句，此時那截話便吞回了肚子裏，氣得連話兒都說不出了。

豈有此理，豈有此理，堂堂國子監，竟任人行凶，毆打禁軍，這還有沒有王法，天理何在？

唐嚴氣得臉色發白，卻一時茫然了，竟忘了該如何是好；等他回過神來，那女孩兒已過了集賢門，帶著車夫、丫頭進了監內。

另一個禁軍拉起受傷的同伴，查驗了傷勢，才知道方才那車夫還是留了一手的，手腕只是被他掰歪了，雖然疼得厲害，卻並無大礙，只要正正骨，過些時日就能安然無恙。

「來人。」唐嚴大呼一聲，等了半晌，這一對禁軍卻沒有回音，倒是不遠處跑來一個虞侯，恭謹地朝唐嚴拱手：「大人。」

唐嚴怒道：「將那家的小姐追回來，不許她造次。」

虞侯領命，回去叫了幾個禁軍來，進去追人了。

唐嚴氣得直搖頭：「豈有此理，豈有此理……」嘴唇抖動，卻再說不出話來。

這女孩兒衝到了考場，便是放聲大叫：「沈傲……沈傲在哪裡？」

路經幾個考棚，去問考棚裏做題的監生；那些監生目瞪口呆，誰在這裏大聲喧嘩，人家在考試好不好，喂，你是怎麼進來的，這女孩兒倒是長得不錯，嘖嘖……

一時間，考棚裏發生些許的騷動，倒是讓幾個來不及反應過來的博士目瞪口呆，一時之間不知如何是好。

這……這個場面怎麼有那麼一點點相熟啊。

沈傲剛剛作完了詩詞，正襟危坐著正準備檢查錯別字時，聽到那熟悉的聲音叫他，微微一愣，隨即發怒了，這個死郡主，偏偏在這個節骨眼上跑來，你就不能換個時候嗎？

沈傲故意不去理趙紫蘅，反正這裏的考棚連綿不絕，足有上千個之多，她一時半刻也尋不來的。

沈傲的心裏剛剛打定了主意，卻聽到趙紫蘅傳來的聲音：

「沈傲……沈傲……快給我出來，周小姐托我來，是要告訴你一件很重要的事。」

沈傲心裏哈哈笑著，翹著二郎腿在心裏想：「連周小姐都搬出來了，還是很重要的事，哼，看你要什麼花樣?!」

那聲音又叫了幾遍，便生氣了：「你不要聽就算了，周小姐說，春兒的家裏已經來人了，要接她回去嫁人，周小姐說，你不來，要後悔的。」

這一句說出來，沈傲一時愣住了。

是誰?誰敢娶春兒?老子和他沒完。

沈傲毫不猶豫地拋下筆，大叫道：「我在這裏。」

今日的考場倒是開了眼界，有人竟是將考場當作廟會了，當真是稀罕啊，考生們紛紛打起精神。

有一個考棚裏傳出聲音道：「沈兄，春兒姑娘是誰?快快如實招來。」

那個考棚裏傳出聲音道：「沈兄的紅顏知己當真不少啊，可惜沈兄還要考試，哈哈，只怕這紅顏知己就要嫁人了。」

博士們愣住了，從來沒有遇見過這種的情況啊，上一次也有個丫頭來叫沈傲的，可人家畢竟是在考場外頭，今次卻是闖進來了。這……這……這該如何是好?幾個博士急匆匆的大叫肅靜，那一邊又有考生調侃喧鬧。

那清河郡主循著沈傲的聲音，飛快地往沈傲的考棚裏跑，後頭兩個博士卻是追之不及。

沈傲拿著試卷走出考棚，便看到趙紫蘅一深一淺地踩著積雪泥濘飛奔而來，小臉都被凍紅了，櫻桃小口芳香如蘭，喘著粗氣。

「沈傲……沈傲……周小姐說，你若是還掛念著春兒，就……就快去，再遲，人就走了……」趙紫蘅眼淚都快要出來了，方才那一陣急跑，摔了她一跤，腳裸都擦破了，雪水灌進了小靴子裏，好冷。

沈傲心中一沉，突然感覺那浮現在自己心底的嬌羞人兒似是離自己越來越遠，不由地陰沉著臉，道：「好，我們走。」

考試算什麼，未來老婆都要跟著人跑了。

秦博士迎面過來，沉著眉，滿臉怒容的道：「沈傲，你放肆。」

秦博士虎著個臉，一手扯著鬍鬚，這句話說出來，鬍子都要扯斷了，顯然給氣得不輕。

沈傲是監生的希望，秦博士算是他的恩師，他對沈傲寄予厚望，可是，這個時候沈傲若是退出考場，自己的辛苦豈不是白費了？

沈傲恭敬地朝秦博士行了個禮：「秦博士，學生有些私事需要處置，這試卷，我已經作出了，學生這就交卷，告辭。」

沈傲顧不得和秦博士糾纏，雖然心有愧疚，可這個時候也顧不得那麼多了，在這一刻，沈傲感覺什麼事情都比不上留住春兒來得重要，那個一直在背後默默地對自己好的女孩，他是不會讓她就這樣從他的世界裏消失的。

沈傲毫不遲疑地將試卷塞到秦博士手裏，飛也似的走了。

「喂喂……沈傲，等等我。」趙紫蘅腳痛，提著裙裾，一瘸一拐地跟上去。

秦博士接過試卷，真是氣急了，連沈傲的試卷也沒看，就扯著鬍子道：「放肆，還有兩個時辰，你就把試題做完了，你不要前程了是不是？」

秦博士對著沈傲的背影大喊了一句，沒想到沈傲竟還真的在百忙中回過頭來，高聲道：「老婆都跑了，要前程有什麼用。」

這一句話說出來，考棚內頓時一陣喧囂，這樣大膽的人，他們是從所未見的，敢說這樣話的人也聞所未聞，今日算是見識了。

沈傲果然是沈傲啊，老婆都沒了，還要前程做什麼？這句話夠風騷，夠倜儻。

秦博士為之氣結，懊惱地攥著沈傲的試卷，卻是再也說不出話來。

「沈傲，你等等我啊。」沈傲在前面跑得飛快，趙紫蘅又氣又急，這個沈傲太沒有良心了，自己聽了周小姐的話前來報信，他竟獨自丟下自己不管，倒是身後的丫頭口裏叫著：「小姐，小姐慢點兒。」

那丫頭跑得更慢。而那車夫健步如飛，只可惜趙紫蘅是女兒身，他雖然想上前攙扶，卻又不知該如何下手。

這時沈傲回過眸來，轉身飛跑回來，挽住趙紫蘅的手臂，道：「喂，你還能跑嗎？」

趙紫蘅齜牙道：「疼……」

沈傲二話不說，將趙紫蘅抱起，這一舉動讓周遭幾個考棚的監生眼睛都看呆了，什麼文章、什麼詩詞，一時間都作不下去了，只看著沈傲，然後揉揉眼睛。

「走！」沈傲急促促地又開始發足狂奔，片刻功夫，便衝出了考場，隨即又向東跑去。

趙紫蘅被沈傲抱著，開始還不覺得有異，等感受到沈傲那胸膛的溫暖，頓然醒悟。本郡主被這傢伙非禮了。

趙紫蘅感覺心兒狂跳了起來，口裏卻清晰地叫道：「往西是出國子監的，你往這邊跑做什麼？」

她在國子監幾進幾出，已是熟門熟路，見沈傲背道而馳，頓時大叫沈傲真是傻蛋，不但笨，而且壞極了。

沈傲喘著氣，勉強擠出幾個字道：「你要我抱著你跑回周府去？我現在是去尋一匹馬來。」

趙紫蘅便叫：「我有馬車的，就停在外頭。」

「馬車太慢。」沈傲回了一句，腳步卻是不敢停。

那車夫也飛奔追上來，望著沈傲，那渾濁的眼神卻是要殺人，厲聲道：「快放下郡主。」

沈傲不去理他，卻是跑到了國子監的馬廄裏，這馬廄是爲胥吏準備的，一般用於傳遞公文、採買物品，因舉行中試，因而胥吏們都到考場裏去了，沈傲衝進去，將趙紫蘅放下，尋了一匹馬，解下韁繩，翻身上去。

趙紫蘅在馬下跳腳：「我也要去看，我也要去看，沈傲，扶我上馬。」

沈傲無語，伸出手去將趙紫蘅拽上來，將趙紫蘅置在前面，怒道：「你自己不會騎馬嗎？」

趙紫蘅理直氣壯的大呼小叫：「本郡主怎麼能學騎馬？喂，你是在污蔑本郡主的清白嗎？」

「清白？」沈傲這才發現，自己和趙紫蘅還真有那麼一點點不清白，自己的胸膛貼著她的脊背，那髮絲的皂香，還有那清晰的體香混入鼻尖，久久不散。

汗，現在還想這些做什麼。沈傲真的急了，他承諾過要讓春兒幸福的，所以一定要阻止春兒離開周府。拉著轠繩，雙手恰巧夾住了小郡主，策馬狂奔。

那車夫也尋了一匹馬追上來，倒是那小丫頭，卻是不敢騎馬，卻又不肯離開郡主，提著裙裾跟著馬跑了一陣，直到那沈傲和紫蘅同乘的身影漸行漸遠，消失在白雪皚皚之中，這才大口喘著粗氣，停下來茫然張望。

現在還未到午時，因此街上的人並不多，騎著馬在街坊狂奔，呼呼的寒風迎面撲過來，趙紫蘅的臉兒像是被刀刮一樣，連忙縮入沈傲的懷裏，大氣都不敢出了。

祈國公府門前的一對獅子已被大雪覆蓋，門前的雪倒是掃乾淨了，一輛馬車穩穩地停在這裏，春兒挎著一個小包袱，在舅舅、舅母的帶領下出來，這馬車邊，還站著幾個人，其中一個，卻是一個肥胖的中年漢子。

這漢子穿著件簇新的圓領員外衫，臉上笑呵呵的，見到春兒，眼睛頓然一亮，連忙迎過去，對春兒的舅母道：「她便是春兒？」

春兒的舅母劉氏頓時諂媚地笑道：「鄧老爺，她便是我外甥女。春兒，快叫一聲鄧老爺。」

春兒卻是恍若未覺，望著街角的盡頭出著神，她的目光又落在那周府懸掛的漆金匾額上，目光露出酸楚。

劉氏便在一旁埋怨：「春兒，你好歹也在這大戶人家待了這麼久，一點規矩也沒有學會嗎？往後你要仰仗鄧老爺的地方還不知多少呢，快叫人。」

劉氏拚命催促，似是感覺在鄧老爺面前丟了臉面；倒是劉氏的丈夫，也就是春兒的舅舅，卻是木著個臉，這時道：「不叫就不叫，鄧老爺不會見怪的，你催逼著她做什麼？」

鄧老爺連忙道：「對，對，不見怪，不見怪，反正將來有的是機會叫的。」他很寬容地笑了笑，那臉上的一堆橫肉也跟著抖動起來。

劉氏白了丈夫一眼，笑吟吟地對鄧老爺道：「鄧老爺，你先和朱遲到一邊去等等，我有話要和春兒說。」

朱遲便是春兒舅舅的名字，鄧老爺會意，連忙道：「好說，好說，你們先說說話，說說話好。」

說著，鄧老爺便和朱遲到馬車邊上去假意閒聊了，那一雙滴溜溜的小眼睛閃著歡喜的目光，卻是時不時地飛過來，落在春兒的身上。

劉氏挽著春兒的手，那眼角卻是有著說不出的嚴厲。

春兒自小沒了爹娘，一直都寄養在舅父、舅母家裏，舅父對她倒還尚可，家裏有一口飯，總不至讓她餓了，只是舅父平時寡言少語，尋常和她也並不親近。而舅母劉氏待春兒卻是另一番嘴臉，春兒還沒有賣到周府的時候，自然整天滿口咒罵些賠錢貨的話。

後來春兒到了周府，這舅母自然與她沒了聯繫，今日卻是大大咧咧地帶著許多人來贖人，那周夫人倒是好心的，雖有些捨不得，卻沒有強留，只說一個女孩子家，總是爲奴爲婢也不是辦法，若是鄉下有一門好親事，也總比在府裏好，因此便放春兒出來了。

與春兒數年不見，劉氏那股子尖酸勁卻是一絲沒有變，陰惻惻地看了春兒一眼，低聲道：「春兒，你怎的這般不懂事，這一趟是鄧老爺親自駕著車帶我和你舅舅來的，爲你贖身的錢也是鄧老爺出的，虧得你還在這國公府裏頭服侍過夫人的，這點人情世故都不懂嗎？」

這一聲埋怨下來只是爲了先嚇住這丫頭，劉氏是明白的，這丫頭心裏花著呢，眼眸兒只落在那周府的院牆上，一定不願意隨自己回鄉下去，嘿嘿，先給她來個下馬威。

只是厲聲埋怨一句之後，語氣卻又轉暖了些許，道：

「你是個姑娘家，有些話你不說，我也清楚，你是不是覺得鄧老爺有點兒老了？比不上那些年輕俊俏的少爺？嘖嘖，春兒，你有這樣的命嗎？就是給人去做陪床的丫頭，人家瞧不瞧得上還說不準的，你年紀不小了，就算不為自己打算，總要為我和你舅舅打算吧，你幾個表哥都是不爭氣的吃貨，你舅舅年歲也大了，往後還能做幾年活？我們一家子老小，就指望著你尋個好人家，高攀一門親事，好尋些接濟呢。」

許是劉氏說久了，有些累了，頓了一下，才又道：

「這鄧老爺呢，想必你也應當清楚，鄧家在牟城也算是大戶了，他家是做布坊生意的，那可是要漂洋過海賣到萬里之外的，家裏的金子可以用簸箕來裝；這樣的好人家，就是打著燈籠也是尋不到的；鄧老爺年前死了婆娘，一直想續娶一個，可是你也知道，他是什麼人？牟城裏的那些個姑娘雖對他有意，他卻是連眼角都不瞧一下。倒是你有這樣的好福氣，鄧老爺聽說你在國公府做丫頭，且是陪在夫人身前的，便也不嫌棄你，願讓你攀個高枝。你只要點個頭，過了這個年關，便可從丫頭變成正牌的夫人，專門有人伺候著了。」

劉氏說了一大通，滿心以為春兒會歡天喜地的應承的，一雙眼睛直勾勾地打量著春兒的神色，卻見春兒的俏臉依然帶著茫然之色，一雙眸子打量著街角的盡頭，那眼眶裏卻是一團秋波打著轉轉。

劉氏心中大怒，這丫頭當真是了不得了，以為做了周府的丫頭，就連鄧老爺也瞧不上了嗎？

其實這個鄧老爺在她口裏吹得天花亂墜，卻連一成可信度都沒有。牟城鄧家確實是個大戶，可眼前的這個鄧老爺，卻只是鄧家的旁支，連遠親都算不上，至於那什麼十萬家財，那更是笑話，薄財倒是有些，否則怎麼會駕著這樣樸素的馬車來？

不過，鄧老爺的聘禮卻是十足十的，足足有三百貫之多，春兒只要點頭，這三百貫就是劉氏的了。

見春兒淒淒切切地只顧著別處，將她的話當作耳邊風，劉氏發怒了，往春兒的手臂上擰了擰，冷笑道：「死丫頭，你是吃了豬油蒙了心嗎？作出這種死樣子給誰看？實話和你說了，這聘禮我已代你收下了，就是你的生辰八字，鄧老爺也都已看過，這門親事，你不應也得應。」

說著，強拉春兒到馬車邊上去，擺出一副笑臉對鄧老爺道：「鄧老爺莫怪，春兒她是害羞了，這門親事，她已答應啦。」

鄧老爺頓時大喜，打量春兒一眼，連忙道：「好極，好極，春兒姑娘先上車，上車再說。」

說著，鄧老爺便要過去扶春兒上車，那劉氏一看，頓時喜笑顏開，打趣道：「鄧老爺，春兒還未過門呢，你猴急個什麼。」

眼看著那鄧老爺要過來扶她，春兒突然回神，連連後退，這一下，倒是教鄧老爺尷尬了，只聽春兒道：「我自己會走。」

春兒悽楚地回望那通向國子監的街角，殘雪延伸至薄霧騰騰的遠方，薄霧之中孤零零的矗立著冰冷的樓宇、商鋪，還有那熟識的店旗，再無一人。

「沈大哥現在應當在國子監裏考試，不知他考得如何了？」春兒嘆了口氣，吐出一口霧氣，眼眶裏打著轉的淚花終於忍不住流了出來，滾燙燙的，將她那被冷風吹得幾要凍僵的臉龐融化了。

她旋身回去，一步步走向馬車，看到鄧老爺朝她投來的灼灼目光，還有舅母得逞的尖酸冷笑，那角落裏，舅舅卻蹲在車轅下，沒有抬頭，那佝僂的背影似有愧疚。

她繞過車轅登上車，車廂裏還散發出一股新漆的味道，很不好受，將包袱放下，隨即舅母也鑽進了車廂，外頭兩個男人，舅舅趕著車，那鄧老爺卻是步行。

劉氏挨著她坐下，得意洋洋地道：「春兒，你瞧瞧這車，尋常的家境能置辦得起嗎？你是富貴命，往後嫁給了鄧老爺，出門都不用抬腿了，教人趕車迎送就是。」

劉氏絮絮叨叨地說著，春兒卻是捲開車廂的簾子，望著那飛快滾過的屋簷下冰凌，心裏有著說不出的酸楚，一行清淚滾落下來，心中似有不甘，卻又隱隱之中覺得，自己這樣做，似乎是對的。

恰在這時，馬蹄聲從後面傳來，春兒眼眸一亮，探出車窗，遠遠看到兩匹健馬踏碎積雪飛馳而來，她聽到了沈傲的聲音，在寒風傳過來的那聲音是既熟悉又親切：

「春兒……」

這一聲呼喚，讓春兒的淚珠掉得更急了，她咬著唇，死死地用指甲去摳自己的手心，一時間，不知如何選擇。

劉氏面色一緊，似也聽到了那聲音，再看春兒嬌羞的模樣，心裏已經瞭然了，冷笑道：「春兒，想不到你到了周府，規矩沒有學會，倒是學會了偷漢子。」

這一句話狠毒極了，春兒羞憤交加，唯有落淚以對，心裏默默地道：「沈大哥，你快走吧，春兒沒有這樣的福分，春兒配不上你的，你該好好地讀書，以後做了相公，尋一個門當戶對的親事。」

沈傲帶著趙紫蘅，飛快地騎馬越過馬車，韁繩一拉，那馬頭前蹄揚起碎雪，旋身掉頭，希律律的馬嘶聲，沈傲已與馬車相對在一起。

「春兒在不在？」沈傲望著車廂，翻身下馬，又將冷得瑟瑟發抖的趙紫蘅攙下來，他的表情有點陰冷，眼睛落在那隨車步行的鄧老爺處。

過不多時，又一匹馬奔來，這人正是小郡主的車夫，冷眼看了看，卻並不下馬，撥馬到了道邊，作壁上觀。

馬車上的簾子掀開，一個倩影露出來，不是春兒是誰？

沈傲走過去，一下子扶住探出半個身子的春兒，道：「春兒，這是怎麼回事？我聽說你要走，就急急地趕來了。」

「沈大哥！」春兒淚水磅礴而出，總算心底還存著最後一絲理智，不敢與沈傲過分靠近，輕輕一讓，讓攙扶她的手撲了個空。

車廂裏又鑽出一個婦人來，此人正是劉氏。

劉氏冷笑一聲，上下打量了沈傲一眼，哼道：「你是誰？竟敢與鄧夫人在大庭廣眾下卿卿我我？快讓開，否則我要報官了。」

這句話恰是提醒了一旁目瞪口呆的鄧老爺，鄧老爺豈是個好欺負的主，聘禮都已經送了，說得難聽一些，這春兒他已花錢買下了，眼前這個少年竟敢觸碰他的新婦，實在可恨。

鄧老爺冷笑一聲，踏前一步道：「兄臺這是做什麼？須知男女有別，春兒已是我的未婚妻子，你勾搭我的未婚妻乃是私通之罪，快走，否則我立即叫官差來拿你。」

春兒驚住了，連忙道：「鄧老爺，鄧老爺……沈大哥他……」

春兒急得一時語無倫次，想著要爲沈傲求情，沈傲卻是冷笑一聲，打斷春兒的話，道：「春兒，你好好的坐著便是，這裏，一切有我。」

最後一句「一切有我」道出時，沈傲顯得格外的篤定，負著手，上下打量那鄧老爺，笑道：「你說春兒是你的未婚妻，可有憑證？」

還不等鄧老爺回話，車廂裏的劉氏先是嘶聲道：「鄧老爺聘禮已送來了，這便是憑證。父母之命，媒妁之言，春兒沒有父母，我是她的舅母，便是她的長輩，我既將春兒許給了鄧老爺，還要什麼憑證？」

劉氏鑽出車來，將春兒擋在身後，又朝著沈傲齜牙咧嘴地道：「倒是你這乳臭未乾的狗才，在這裏囉嗦什麼。」

沈傲卻只是笑，冷笑連連地看著他們。

哼，想將他的女人從他眼前搶走？

沈傲的目光落在劉氏身上，嘴邊浮現出一絲嘲弄的淡笑，心中卻已明白了，春兒的這個舅母，只怕是貪圖這鄧老爺的財物，將自己的外甥女，賣給了鄧老爺了。

對付這樣的人，自然不必客氣，沈傲不急不徐地道：「父母之命，媒妁之言？這話從何說起，父母在哪裡，媒妁又在哪裡？」

劉氏大怒，道：「她父母死了，是我將她養大的，這父母自該是我，你生個什麼事，我們家的事，還用得著你這個外人指手畫腳嗎？」

那鄧老爺亦是冷笑道：「兄臺太過分了吧，我娶了這春兒，已是讓她高攀了，這聘禮、生辰該送的也送了，該問的也沒有落下，八字吻合，春兒與我擇日就要完婚的。」

春兒繯首，滴答滴答地掉著眼淚，卻是不敢說話。

沈傲哈哈一笑，嘲諷地道：「這倒是奇了，春兒的終身大事，怎麼就輪到你們做主，高攀？這位鄧老爺，這句話該是你說的嗎？」

沈傲目光灼灼，盯住這鄧老爺垂詢。

鄧老爺被他盯得渾身不自在，哼了一聲道：「我鄧家也是大戶，她一個婢女，自然是高攀了。」

沈傲又笑道：「那麼我想問問，鄧老爺有何功名在身？」

鄧老爺冷哼一聲道：「我要功名做什麼？我家是牟城大戶，家世本就不低。」

「噢。」沈傲恍然大悟的頷首點頭，似是很猶豫的樣子道：「這麼說，你不過是個平民咯，一個平民，也敢妄言高攀二字，你的膽子很大啊。」

鄧老爺一時愣了，不知沈傲所指的是什麼，扶住車轅，強自鎮定地道：「我就算是個平民，她是個婢女，又怎麼不是高攀？」說著，顯出一副不屑的樣子，道：「你攔住我們的去路，又是胡攪蠻纏，瞧你這家世想必也不簡單，可是我有言在先，管你是何人，我卻不怕你，天下事逃不過一個理字，快快走開，否則我不與你干休。」

沈傲咦了一聲：「你這口氣，倒像是我仗勢欺人了？」

第六三章
春兒是個好姑娘

鄧老爺倒是識字的，定睛一看，

只見這長約兩尺的字幅上，卻是寫著「春兒是個好姑娘」七個大字。

這是什麼意思？又和欺君有什麼干係？

鄧老爺一時間糊塗了，繼續往下看，一下子竟目瞪口呆起來。

鄧老爺上下打量沈傲，見沈傲穿著儒衫、戴著綸巾，想必一定是個有功名的讀書人，這樣的人，卻是不好惹的，須知朝廷以士爲尊，自己不過是個小商人，真要和他硬碰硬，只怕要吃虧的。

不過，鄧老爺心裏卻也有算盤，一個讀書人，若是胡攪蠻纏，他也不怕，這春兒生得這樣水靈，自己已交了聘禮，不日就要成親，一親芳澤，爲了這個，鄧老爺打定了主意，咬著牙也要和這讀書人鬥一鬥，只要自己占住了一個理字，就是去了官府那裏，也不必驚慌。

心中主意已定，鄧老爺挺起腰桿，篤定起來，怒道：

「你不是仗勢欺人又是什麼，你與我的未婚妻耳鬢廝磨，或許有姦情也不一定，你現在快走，我便不與你糾纏，可若是再胡說八道，我上告到衙門裏，到時革了你的功名，你莫要後悔。」

這一句話軟中帶硬，語中含刺，頗有威脅之意。

這鄧老爺做慣了生意，卻也不是個糊塗人，面對這種讀書人，若是真要鬧將起來，自己只要死死咬住「通姦」二字，誰也奈何不了他，反倒是眼前這個礙著自己好事的少年，只怕非得身敗名裂不可。

原以爲能一舉擊中沈傲的要害，誰知沈傲卻是挑眉一笑。上告到衙門？哈，沈傲最喜歡去衙門了，連忙道：

「好極了，我們這就去衙門裏說話，鄧老爺有這雅興，我就奉陪到底。恰好，我正要狀告你欺君罔上，誹謗官家呢。走，我們這就走，誰不走，誰就是孫子。」

沈傲扯住鄧老爺，一副要拖他去京兆府衙門，生怕鄧老爺反悔的樣子。

欺君罔上，誹謗官家？這是什麼意思，鄧老爺糊塗了，卻見沈傲氣定神閒地拉著自己，那模樣倒是巴不得大家到衙門裏去坐坐。

鄧老爺氣勢一弱，卻又努力故作鎮定地哼道：「欺君罔上？你胡說八道什麼？吾皇聖明，我牟城鄧家仰仗皇恩才有的今日，我誹謗官家，你這是什麼意思？莫要信口開河。」

他故意將牟城鄧家抬出來，雖說是遠親，可是這鄧家確實是一棵大樹，族中爲官的不少，家財更是百萬之巨，在牟城，乃是一等一的名門。

沈傲冷笑道：「你還敢說沒有？方才你是怎麼說的，你說春兒高攀了你，你是個什麼東西，就憑你，也配讓春兒高攀?!」

沈傲笑得更是奸詐了，又是高聲大喝道：「你既無功名，一介草民，也敢說出這種話來，可見你對朝廷早就心懷不滿，對官家的話更是當作耳邊風，我現在不和你說這個，要說，到了衙門裏再說。」

趙紫蘅在一旁看著，見這沈大詩人竟將官家也抬了出來，嚇了一跳，這壞蛋還真敢說得出口，人家一句話，他就說人家誹謗皇上，信口胡扯，偏還理直氣壯，想起方才受不過寒風，將頭埋進他的胸膛裏，臉色窘紅，啐了一聲，心裏不由地想：「難怪他的懷裏這般的暖和，只怕是皮太厚了。」

春兒見這邊起了爭執，想到沈傲這般維護著她，心裏又是感動又是擔心，便想著撲到沈傲懷去，卻被劉氏死死的扯住，劉氏的眸子比這寒冬還要冷冽，讓她勇氣頓失。

鄧老爺原還想嚇嚇沈傲，誰知人家不怕嚇，反倒說要告他欺君，這個大帽子戴下來，豈是他能承受的，便勃然大怒道：「我是正正當當的商人，哪裡欺君了？」

沈傲往懷中一掏，卻是從懷中掏出一張字條來，這字條用紅紙封住，折疊的很整齊，想是一直貼身藏在懷裏，只見他呵呵一笑，將那紅紙撕了，惡狠狠地道：

「你若是沒有瞎眼，就睜大眼睛好好看看，這是什麼字，看看這字下面是什麼？」

鄧老爺倒是識字的，定睛一看，只見這長約兩尺的字幅上，卻是寫著「春兒是個好姑娘」七個大字。

春兒是個好姑娘？這是什麼意思？又和欺君有什麼干係？鄧老爺一時間糊塗了，繼續往下看，一下子竟目瞪口呆起來。

只看那題跋上卻寫著一個「天」字，天字倒是不稀奇，寫字之人以天爲題跋，倒是頗有新意，可是在那題跋上頭，卻是蓋著一方如血般鮮豔的紅印，那紅印依稀可見「大宋受命之寶」六個鮮紅字跡。

這六個字在坊間流言出現的頻率不少，那些市井說書之人讚美太祖皇帝威嚴之時，便少不得將這件聖物反反覆覆的訴說。當年太祖皇帝受禪之初，從後周得到的玉璽只有兩枚，即刻製的「皇帝承天受命之寶」和「皇帝神寶」，而其他玉璽均已在戰亂中丟失。於是，太祖皇帝自製了「大宋受命之寶」昭示天下，並以此爲傳國玉璽，代表皇權的無上權威。

鄧老爺再不濟，也絕不可能不認識這六個字的含義，蓋上這字幅的印璽若是沒有差錯，只怕唯有傳國玉璽了。

「看到了嗎？這是什麼？這是皇帝老……咳咳……皇帝老大親筆題字，仔細看看，這上面寫著什麼？寫著什麼？」沈傲冷笑連連。

上一次初試第一，他總共要了三幅字，第一幅，是「太學是個好學堂」，第二幅事關著邃雅山房，唯有這第三幅，沈傲卻一直沒有抖落出來，平時貼身藏著，便是打算利用這幅字爲春兒洗清身世的污濁，如今事急從權，卻是不得不拿出來。

「你方才說什麼？說是春兒高攀了你？嚇，高攀兩個字也是你能用的，春兒很受官家器重，爲了這個，還親自爲她提了字，你敢說她是個奴婢？你方才既說她是奴婢，是高攀，就是和官家唱反調，是圖謀不軌，陰謀要行謀反之事，狼子野心昭然若揭。咱們大宋朝國泰民安，風調雨順，官家更是殫精竭力，爲國爲民，你不思圖報，卻是故意逆官家的定調，胡言亂語，鼓惑人心。快說，你和歙縣反賊有什麼關係？看來你一定是不會說的了，那就跟我到衙門裏去走一趟，去和京兆府的判官大人們解釋去吧。」

這一番話誇張至極，竟連謀反都說出來了，又胡扯說鄧老爺與歙縣反賊有關，這歙縣反賊乃是宣和年造反的方臘，聲勢極大，不久之後失敗被斬。把方臘都和鄧老爺扯上關係了，這罪名就是抄家滅族也夠了。

鄧老爺雖然自信自己不會被人誣爲反逆，可是這題字上明明寫著的是「春兒是個好姑娘」，官家說春兒是好姑娘，誰敢說她是奴婢？又有誰敢說她高攀了誰？若真要糾纏起來，這種事就是有口也說不清，看來事態很嚴重啊。

「這……這……」

鄧老爺一時說不出話來，後退兩步，臉色晦暗不明，終是嘆了口氣，垂首道：「方才我只是無心之言，再者，在下也不知官家有此墨寶，春兒，我不要便是了。」

爲了一個女人，糾纏進這麼深的漩渦之中，鄧老爺再蠢，也明白這意味著什麼，哪裡還敢娶春兒，目光一瞥，落在劉氏身上，氣呼呼地道：「這春兒我不娶了，你還我聘禮來。」

劉氏也是一時目瞪口呆起來，一聽鄧老爺要她退聘禮，牙根一咬道：

「鄧老爺，鄧老爺，你這是什麼話，嫁出去的女兒潑出去的水，咱們先前就已經說定了的，你現在反悔，這聘禮……」

鄧老爺為之氣結，被沈傲擺了一道，老婆沒娶成，卻遇到一個貪他聘禮的瘋婆子，怒道：「你到底退不退？這件事你不和我先說清楚，害我險些被你騙了，你還糾纏什麼？若是不退，這也好辦，我只好去尋本家來要了。」

劉氏便是牟城人士，鄧老爺去尋本家，豈是她能惹的，一時間被唬住了，卻又是不甘心，一時間倒是噤聲不語了。

鄧老爺駕著車走了，說起來，他也不算什麼老爺，駕車的技術倒也尚可，帶著遺憾，沿街而去。

至於春兒的舅父舅母，卻都是傻了眼，心知回到牟城，鄧老爺一定要索回聘禮的，煮熟的鴨子剛剛到了嘴邊就這樣飛了，劉氏又是懊惱又積攢著滿肚子的氣，看到佇立在雪地中的沈傲，眼眸中怒氣沖沖。

可是她這樣的人，也是懂得趨炎附勢的，方才沈傲一下子嚇走鄧老爺，那本事卻是實打實的，再仔細打量他，見他衣衫華貴，腰間繫著錦繡香囊，頭戴著綸巾，頓然醒悟過來，此人的家世，只怕比之牟村鄧家還不低呢。

因爲想通了這一點，便膽戰心驚起來，哪裡還敢再說話。

春兒一下子撲入沈傲的懷裏，眼眸中的眼淚撲簌出來，內心裏壓抑了很久，積攢的幽怨苦衷在寒風澈骨下，一下子釋放了出來，又是哭又是笑，隨後捶打了一下沈傲的胸膛，道：

「沈大哥，你還在考試，來這裏做什麼，你若是考得不好，不但公爺不喜歡，授課的博士也會不悅的。」

一會兒又是溫柔地貼在沈傲身上，哭哭啼啼地道：「方才我怕極了，那馬車的車輪轉動起來，我心裏便想，或許春兒一生一世再也見不著沈大哥了，沈大哥，你不要取笑我好嗎？我當時在想，若是再不見你，人生也沒有什麼樂趣了，我……我……」聲音哽咽，又羞又嬌，再也說不下去了。

平時的春兒，矜持又總是心事重重，今日卻彷彿掙開了枷鎖，什麼也不再顧及了；那俏臉梨花帶雨，長長的睫毛顫動，黏住了淚珠兒滴滴答答地落下。

沈傲這一刻卻顯得有些不自在了，習慣了從前那個畏手畏腳的春兒，那個暗藏著各種心事的小妮子，如今除了心暖暖的，反而覺得春兒有種不可褻瀆的美麗。

撫著春兒的秀髮，那髮梢在指尖輕快劃過，沈傲難得正經一回，心裏不由地想：

「到了這個時候，傻丫頭竟還擔心著我考試的事。」

一旁的趙紫蘅撇了撇嘴，心裏在想：「原來這個春兒是個狐狸精。哼，物以類聚，人以群分，跟著這壞傢伙的女人，也沒一個好的。」

心裏這樣想，卻是忘了，她自己似乎和沈傲接觸的時間也不少。哭過，笑過，那寒意暫態也不在乎了，春兒的身體略略顫抖，離開沈傲的胸膛，擦拭著眼淚，目光卻是落在舅父身上。

沈傲這才看清春兒的舅父，這人生得五短身材，一臉老實巴拉的模樣，搓著手，顯得手足無措。

春兒低聲呢喃道：「舅父，春兒這裏有些平時攢下的錢，你收下吧，至於牟村，春兒不回了。」

春兒抬起眼眸，顯得很堅定，或許從前她從未有過這樣大膽的舉止，那聲音帶著幾分顫抖。

春兒舅父正要說話，那劉氏便道：「你不回去也好，省得耽誤了你，咱們是小門小戶，自然留不住你這鳳凰的。」

劉氏說罷，一把搶過春兒從包袱裏拿出的荷包錢袋，接著用滿是譏諷的語調對春兒的舅父道：「沒用的東西，你沒聽到你外甥女的話嗎？這汴京哪是我們這種低賤人待的地方，走，走，回去，往後再也不要來了。」

劉氏語中帶著忿恨，當先走了；春兒的舅父帶著滿臉的歉意，走到春兒跟前，半天才吐露出一句話來：「春兒，你舅母的事不要記掛在心上，在這汴京，好好照顧自己吧。」嘆了口氣，往劉氏的身後追上去。

春兒的眼眸望著那一對夫婦的身影，二人一深一淺留下的雪印，眼眸含著淚花，咬著貝齒無聲哽咽。

春兒是不能再回國公府了，沈傲倒是爲她尋了個落腳處，叫她暫且先住在邃雅山房裏，再專門尋了個丫頭伴著。

春兒的心情低落，沈傲呆坐著乾陪了一會兒，卻聽到樓下人聲鼎沸，竟都是在呼喚沈傲的名字。

原來是考試結束，監生們下了學，不少人來邃雅山房，聽說沈公子也來了，頓時興致勃勃，要叫沈傲下來喝茶。

春兒抿嘴道：「沈大哥，你考試考得如何了？」

沈傲這才想起考試的事，呵呵一笑道：「還不錯，反正試卷做完了，聽見那個趙紫蘅在叫，便出來了。」

沈傲生怕春兒擔心，所以沒有把方才的驚心動魄說出來，春兒現在已經再沒有退路了，能依賴的也只有他，他不能讓春兒再有任何的顧慮和擔憂。他一直都知道春兒對他的好的，這份情，他記在心裏，也會盡最大的努力讓春兒幸福起來。

「哦！」春兒眨了眨眼，想起方才沈傲身邊的趙紫蘅，那趙姑娘似乎對沈大哥並不太好呢，後來獨自回去了，還橫瞪了沈大哥一眼。

春兒又道：「樓下叫你的，都是你的同窗嗎？」

見沈傲頷首點頭；春兒便道：「沈大哥，你不用管我，下去和同窗們聚一聚吧，你的正事要緊。」

沈傲道：「陪著春兒就不是正事嗎？」

這一句話落在春兒心裏甜蜜極了，臉上飛出一片緋紅，卻又恢復理智，找著各種理由催促沈傲下樓。

沈傲無奈，只好下樓去，不過，也是該下去看看了，總讓那些人在樓下叫，也不是個事兒，而且，他和春兒的未來還長著呢。

到了樓下，一看，人還真不少，這些監生們考完試了，心情大好，紛紛相約來喝茶，見到沈傲，又喧鬧起來，這個道：「沈兄果然異於常人，秦博士聽了你的話都要氣死了。」另一個道：「沈兄的所作所為，真是令在下佩服得很，來，來，到這裏坐，這頓茶我請了。」

他們平時讀書倒也上心，可是一旦休假，便開始瘋瘋癲癲，恢復了官二代的本性，拉著沈傲過來落座，問東問西。

沈傲苦笑道：「提前交卷的事，諸位以爲我想嗎?若不是到了火燒眉毛的時刻，我何苦要做出這等事來；諸位不要再取笑了，你們越是抬愛，我心裏越是不安。」

接著，沈傲便問起考完之後的狀況，誰看到了唐大人，他的臉色如何，博士們又說了些什麼。

其實沈傲還是有點心虛的，初試已經提前交卷了一次，如今中試又故伎重演，這算個什麼事，沈傲將心比心，若自己成了秦博士，非氣死不可。心裏便在想：

「等到了除夕，我準備些禮物去拜謁唐大人和幾個博士，一來感謝他們的授業之恩，其次賠個禮，誠懇地道個歉。」

眾人七嘴八舌，熱鬧極了，沈傲在人群一望，便想起了吳筆來，問道：

「吳筆兄怎麼今日沒來?往日這邃雅山房，他是跑得最勤的啊，好不容易放了假，也不見他來湊這個熱鬧。」

一個同窗笑道：「吳兄擔著軍國大事的干係，哪裡肯和我們這些閒人廝混。」

這句話奇怪極了，這人後來才道出原委。

原來是那個什麼泥婆羅王子要去吳府拜訪，這位吳筆兄先回去招待了，說是與這泥婆羅王子建立交情，也算是外交重任，當然是擔著軍國大事的干係了。

沈傲只是笑，卻不知此刻，閱卷官們卻在爲他的事爭論個不休。

原來沈傲提前交卷，原本這種事也有，歷年少不得會有幾個狂生，覺得自己才華橫溢，先將卷子交上去。可是這次卻不同，考場會鬧出了這麼大的動靜，皆是因清河郡主要找這個沈傲，以至於整個考場的秩序都亂了。

如今要追究起來，清河郡主自然是不能懲治的，誰敢跑到王府去懲治郡主？人家老王爺只這一個女兒，你有這個膽懲治嗎？

不過，禮部一向是欺軟怕硬的，硬的不能碰，那這個沈傲總該懲戒了吧？因而，不少人提議，要取消沈傲這次的考試成績。

提出這個建議的，自然是太學博士居多，也有不少禮部官員附和；唐嚴等人自然據理力爭，一時間吵個不休。

倒是那楊戩楊公公卻只是坐在一旁冷眼相看，慢吞吞地喝著茶，他雖是內相，但這種事不到必要時，自然不便插手。

那楊真卻被吵得煩了，便向楊戩道：「楊公公，沈傲的事，您怎麼看？」

「噢！」等楊真問起，楊戩才慢悠悠地道：「依咱家看來，這本是禮部的事，咱家自是不便插手的，不過官家有口諭，說是將成績優秀者的試卷全部送過去，由他來分個高下。這沈傲乃是國子監的佼佼者，若是官家在試卷中找不到沈傲的那一份，官家會怎樣想？」

這一句話，倒是點醒了楊真，連忙笑道：「還是楊公公一言驚醒夢中人，如此看來，這取消沈傲的成績還得由官家來定奪，先把試卷送過去，至於其他的，便不是下官們該多管的了。」

楊戩如沐春風地笑道：「咱家可不是這個意思，你們自己體會吧，我只是個奴才，專爲官家跑腿的，諸位大人才是國之棟梁，如何應對是你們的事。」

他倒是聰明，一眼就看出這場爭論背後的意義不同，說不定要捲入是非窩，雖說權勢滔天，可是不必要的麻煩卻是決不沾染的，便又把皮球踢回去，完全一副置身事外的樣子。

楊真心領神會，便叫成養性、唐嚴到身前道：「官家既要閱卷，這沈傲的事就暫且放一放，若是他的詩詞文章做得好，也送進宮裏去；至於考場的事，你們誰要彈劾便彈劾，都由官家定奪吧。」

唐嚴連忙道：「楊大人說得不錯，現在官家等著試卷送過去，我們還是加緊挑選出幾份好的出來吧。」

成養性無話可說，楊戩的話，他也聽到了，這楊公公雖說一副置身事外的樣子，可是聽話中之意，卻是幫了沈傲一個大忙，只好無奈地道：「楊大人既已定奪，下官也沒什麼可說的了。」

說著便教人閱卷，連飯都顧不上吃，十幾個禮部的屬員和博士熬著夜，挑出十幾份極好的試卷出來，唐嚴眼睛都顯得通紅了，看到那試卷沈傲的也在其中，心裏也就放了心，苦笑地喃喃自言道：

「沈傲啊沈傲，你好糊塗，若不是這次有楊公公在，或許這中試便沒你的份了。」

唐嚴心裏暗暗慶幸，捧著試卷到廂房裏歇息的楊公公那裏去了。

楊戩等了足足一夜，眼睛冒著血絲，見試卷都挑好了，呵呵笑道：「諸位大人辛苦了，咱家這就進宮。」

用錦盒將試卷封存，帶著從人出了崇文閣，馬車早已候了一夜，直接鑽入馬車，向著那琉璃瓦的宮城駛去。

今日的文景閣靜得嚇人，這裏是趙佶的書房，是官家閒暇時休憩的場所；閣中放著一張花梨長案，案上累著各種名人法帖，並數方寶硯、各色筆筒，筆筒內插的筆如樹林一般；那一邊設著斗大的一個汝窯花囊，插著滿滿的一囊如水晶球的白菊。

西牆上掛著一大幅《縱鶴圖》，如是仔細觀看，有心人便可看出這絕非官家的畫作。不過畫的題跋上，卻是官家所提的一行短詩，云：「煙霞閒骨格，縱鶴野生涯。」

案上設著香爐，左邊紫檀架上，放著一個官窯的大盤，盤內盛著數十個嬌黃玲瓏大佛手；右邊洋漆架上懸著一個白玉比目磬，臥榻是懸著蔥綠雙繡花卉草蟲紗帳的拔步床；給人的感覺是總體寬大、細處密集，充滿著一股瀟灑風雅的書卷氣。

若不是那閣中紅柱雕刻著五爪金龍騰雲而起，任誰也想不到，這裏竟是大宋朝最核心的所在。平時官家批閱奏疏，接受近臣奏對，都在這裏進行。

趙佶盤膝坐在拔步床上，一雙眸子似張似闔，那床前的輕紗帷幔之外，是兩個惶恐不安的坐影。

御案上，香爐嫋嫋生出青煙，瀰漫在文景閣裏，有一種若有若無的淡淡香氣。

趙佶陰沉著臉，隔著青紗帳，誰也看不清他的表情，只是這出奇的沉默，卻給人一種強烈的威壓。

坐在案下的，是兩個欠身坐在錦墩上的官員，這二人此刻並不起眼，可若是細細一看，卻發現這二人並不簡單。

其中一個，便是聲名赫赫的中書省尚書右丞王韜；王韜哭喪著臉，抿嘴不語，眼眸不敢去看那輕紗之後的尊貴人影，只是垂著頭，臉上卻帶著悲戚。

至於另一個，卻是刑部尚書王之臣，王之臣髮鬚皆白，鮐背蒼耆，佝僂著個腰，渾身無精打采，只是那一對眸子卻是精神奕奕，銳氣十足。

這樣的沉默，足足維持了小半炷香的時間，從輕紗之後傳出趙佶的聲音：

「花石綱的事先壓一壓吧，朕自問治國殫精竭力，不敢有絲毫怠慢，唯恐有愧列祖列宗。至多也只是喜好奇石、書畫罷了，臣子們要反對，朕難道還要治他們的罪？哎……」

他吁了口氣，雖是氣定神閒的樣子，話語中卻頗有怨意。

王之臣欠身道：「官家所言甚是，人皆有喜好，臣子們也是有的。往年蘇州應奉局對官家一向不敢違逆，可是今年卻以花石船隊所過之處，爲了讓船隊通過，拆毀橋梁，鑿壞城郭的名義遲遲不肯奉命，小小幾個應奉局的官吏，會有天大的膽子？依老臣看，這其後，朝中必有人給他們撐腰，只是撐腰的是誰？指使的又是誰？官家絕不能輕視啊。」

王韜也跟著附和道：「此事我已著大理寺徹查，大理寺那邊也只是敷衍，花石綱是天大的事，這些食君之祿的官吏卻只是一味的袒護、阻撓，這是大不恭之罪。」

這二人說得悲憤，原來說的是花石綱的事。

趙佶的喜好不少，書畫、山石便是其之一，因此特意籌建蘇杭供奉局，專署花石綱事務。

偏偏這花石綱卻是出了岔子，那運送花石的船隊沿路所過，竟是群起反對，非但是各州的通判紛紛上疏彈劾運送花石綱的官員不法，就是蘇州供奉局，似也對官家的事不太熱心了。

案子到中書省，王黼大怒，叫王之臣徹查，王之臣是刑部尚書，可是這樣的大案又涉及到不少官員，便又將案子送到大理寺。

只是到了大理寺，卻又橫生了枝節，那大理寺只是一味的推諉，似是對這案子並不上心，二人屢屢去過問此案，卻都碰了一鼻子的灰。

連涉及到官家的事都敢懈怠，蘇州供奉局、各州通判、知事，還有大理寺的背後卻又是誰？

趙佶卻只是呵呵笑，似是對二人的悲憤之詞不置可否，打了個哈哈：「這件事罷了吧，至於花石綱的事，暫時也不必供奉了。」

他似是對平時最熱衷的喜好一點都不熱衷了，半躺在軟榻上一動不動，突然道：「蔡太師近來身子骨可還好嗎？」

王黼忙道：「太師的身子骨好得很呢，微臣前日去探望他，他平時只是含飴弄孫、作些書畫，好不自在。官家，自太師致仕，官家的許多旨意便不能貫徹如一了。」他這一句喟嘆別有深意，臉上浮出一絲喜色。

趙佶似是陷入沉思，咀嚼著王韜的話，隨即道：「許久不見太師，朕還真有些想他了，說起來，前幾日他還送來幾幅字帖呢，朕還沒有時間去看。」

趙佶又是嘆了口氣，道：「你們下去吧，花石綱的事，不必再查了。」

王之臣、王韜二人道：「遵旨。」徐徐退了出去。

趙佶目送他們離開，眼眸卻一下子變得可怕起來，冷聲道：「楊戩，你來。」

在這案旁的屏風之後，楊戩笑呵呵地出來，朝趙佶行禮道：「官家。」

趙佶冷聲道：「過幾日，你代朕去太師那裏看看吧。」

楊戩頓時明白趙佶的心意，官家這是懷念從前的時光了。

蔡太師尚在的時候，總攬三省，權勢滔天；可是另一方面，他爲官家的辦差卻極爲得力，官家想要的，他極力去辦，譬如那花石綱，若是太師還在，哪裡會有這麼多波折。聽官家的口氣，似乎又是想起復蔡太師了。

楊戩通曉趙佶的心意，笑道：「是，奴才過兩日就去。官家，方才的話，奴才聽在耳中，也極爲憤慨，官家只這一小小的嗜好，那些官員竟敢陽奉陰違，若是蔡太師還在，他們何至於如此輕慢。」

趙佶若有所思地道：「是啊，蔡太師還在，何至於如此。」接著，又很是疲倦地道：「不過現在還不急，不能急的。」

楊戩心中奇怪，他是趙佶跟前一等一的心腹，忍不住問道：「官家似有疑慮嗎？」

趙佶闔著眼，倒是並不避諱楊戩，道：「太師在的時候，總攬三省，鉗制百官，前幾年門生故吏充斥朝野，朕雖然敬重他，卻也不能不提防。」

說著，趙佶突然微微一笑：「太師可用，可是新黨的權勢已是滔天，朕需要一把刀，一把能爲朕劈去荊棘的利刃。」

楊戩明白了，心中嘀咕道：「難怪太師幾起幾復，官家既需要他，卻又不得不提防他，總攬三省，是歷代都沒有的權勢，官家又豈能不防？」

至於官家所要的利刃，莫不是要先剷除朝中的新黨？除去新黨，再用新黨的魁首，看上去似乎有些不可思議，可是在楊戩看來，卻覺得合情合理。蔡太師一旦當政，若是朝中遍佈他的黨羽，官家又如何放心？所以要起復蔡太師，當務之急，卻是將新黨盡數剷除，連根拔起。

新黨魁首總攬朝政，而各部卻遍佈舊黨，相互鉗制，互相制衡，才能讓官家安心的放權。只是官家等的這柄利刃卻又是誰？這個人最好是舊黨人物，可是舊黨有如此魄力之人，卻又是誰？

第六四章
問世間情是何物

趙佶將最後的希望放在了沈傲的試卷上，這一看，果然愣住了，

喃喃念叨：「問世間情是何物，直教人生死相許……」

這樣的開頭，雖然淺顯，卻是朗朗上口，一口道破了相思之意，直訴人的心懷。

楊戩想不明白了，他只知道，方才那提起蔡太師的王之臣和王韜，只怕是要倒楣了，這兩個新黨的骨幹人物，急匆匆地跑來爲蔡太師請命，哪裡知道，蔡太師起復的那一日，便是他們玉碎之時。

火光電石之間，楊戩突然想到了一個人來……

沈傲，莫非官家所謂的利刃，便是他嗎？

這個人行事無常，做事不計後果，卻偏偏足智多謀，汴京之中，不知多少人吃了他的暗虧，而官家這幾日也屢屢在念叨此人。

楊戩明白了，卻是裝出一副糊塗的樣子，呵呵笑道：

「朝政的事，奴才也不甚懂得，只是見官家操勞，心裏卻很不是滋味。官家，奴才方從考場那邊過來，禮部選中的一些試卷，也一併帶來了。」

趙佶臉上的多雲轉晴，喜道：「哦？是嗎？朕竟差點忘了這件事，快把試卷拿來，朕要看看。」

楊戩頷首點頭，將錦盒取來，輕輕打開，將十幾份試卷攤在御案上，趙佶掀開輕紗，從拔步床裏踱步過來，抖擻著精神在御案前落座。

閣中雖然亮堂，楊戩還是爲趙佶點了一盞宮燈，好令他看得更清晰一些，隨即笑道：「說起來，這次考場上，卻又生了一件匪夷所思的事兒呢。」

趙佶笑道：「匪夷所思？你說來聽聽，莫不是又和那沈傲有關？」

楊戩不禁地想：「官家倒是明察秋毫，一說起匪夷所思，便想起那個沈傲了。」不過，除了沈傲，還真沒有人隔三岔五的鬧出亂子；楊戩定了定神，將郡主闖國子監、沈傲說了什麼話、如何提前交卷的事一一道出。

趙佶聽了，眉頭微微皺起，道：「清河郡主太放肆了，國家選材，她卻是硬闖胡鬧，這還了得，朕要尋個機會懲治她。」

接而又道：「反是沈傲，全然不將自己的前程放在心上，倒是頗有意思，不過，朕也不能袖手旁觀，這件事還要追究，不能輕饒了他，若他的成績尚可倒也罷了，若是這一次考得不好，兩罪並罰吧。」

趙佶剛撿起第一份試卷正準備看，恰在這時，有內侍來報，道：「三皇子求見。」

趙佶微微一笑，抬眸笑道：「楷兒來了正好，教他進來。」

過不多時，趙楷踱步進來，穿著一襲勝雪白衫，不濃不淡的劍眉下，那狹長的眼眸似潺潺春水，溫潤得如沐春風。

趙楷進了文景閣，既沒有過分的拘謹，也沒有顯出太多的傲色，只朝趙佶拱拱手，道了一句父皇，便走至御案前，笑道：「兒臣似是來得並不晚，哈哈，想不到楊公公這就將試卷送來了。」

楊戩連忙笑吟吟地道：「三皇子謬讚，奴才愧不敢當。」

趙佶呵呵一笑，他的兒子諸多，可是親近的卻少，其餘的皇子見了他，猶如老鼠見了貓，一個個膽戰心驚、如履薄冰，就是答話，也都瑟瑟發抖，滿是諂媚之詞。唯有這個趙楷，文采斐然，書畫亦是堪稱一絕，很有自己的風格，見了自己，對答如流，既沒有對父親的不恭，也沒有太多的謹小慎微。

趙佶的臉龐上浮現出親切之色，招呼趙楷道：「楷兒，坐下說話，你我一道兒閱卷，在這太學和國子監中尋出個三甲頭名來。」

楊戩連忙為趙楷搬來了個錦墩，趙楷落座，朝楊戩道了一聲謝，他的目光恬和，隨時掛著一種矜持的淡笑，令楊戩受寵若驚，連忙道：「皇三子太客氣了，奴才哪裡當得起。」

趙楷坐下，便直截了當的道：「父皇，孩兒來看這試卷，卻是奔著那個沈傲來的，不知沈傲的試卷帶來了嗎？」

楊戩呵呵笑道：「帶來了，就是最底那份。」

趙佶就笑：「楷兒倒是識貨之人，好吧，你先來看沈傲的卷子。」

趙佶從最底處拿出沈傲封存的試卷來，交給趙楷，便撿起第一份卷子看下去。

趙佶蹙起眉。第一份卷子乃是吳筆的，他突然抬眸：「那個吳筆，莫非就是禮部主客郎的少子？」

趙佶淡然一問，楊戩連忙道：「正是，前幾日官家還召見過他呢。」

趙佶嘆了口氣，道：「虎父無犬子，這個吳筆，文章和詩詞作得很好。他的父親也很好，近來難爲了他。」

楊戩便默不作聲了，去爲趙佶和趙楷斟了茶，小心翼翼地陪侍一旁。

趙佶繼續看卷，幾次忍不住說了好字，一會兒說：「程輝此人果然不負朕的期望，他的這篇經義堪稱絕頂之作，只怕就是介甫在世，也要巍然嘆服。」

介甫乃是王安石的小名，王安石倡議經義取士，他的一手經義自然是作得極好的，以至於後世許多學子四處摘抄他的範本，揣摩其中的精妙。趙佶將程輝的經義與王安石相媲美，就連一旁看沈傲試卷的趙楷也不由意動。

隨即，趙佶頗有些失落地道：「可惜程輝的詩仍不見長進，欠缺推敲之處，否則此人穩坐頭名了。」

楊戩在一旁笑道：「說來也奇怪，這國子監作詩的厲害，太學裏做經義的厲害，奴才在坊間還聽了一個段子，說是某個書生，因資質不濟，被他的妻子責罵，他妻子是這樣說的：你這賊廝讀的什麼書，作出太學的詩，國子監的經義，也敢戴著綸巾招搖……」

趙佶、趙楷二人俱都忍俊不禁地笑了起來。趙佶道：「你這奴才，就剩下伶牙俐齒了。」

楊戩笑道：「官家這樣說倒是冤枉了奴才，奴才侍候著官家，既無需會作詩詞，更不需要去讀什麼經義文章，只要讓官家舒暢一些，奴才就滿足了。」

這一句話倒是回答得極為得體，既為自己表了忠心，又生生地將趙佶那笑責擋了回去。

趙楷笑道：「楊公公能有這份心，就是極好的了。」

二人繼續看卷，趙佶看得極快，一下子，十幾份卷子便品評得差不多了，捋鬚道：「我大宋清俊果然不同凡響，這幾份試卷，都是上佳之作。」

瞥眼看見趙楷卻是一臉癡癡地看沈傲卷子，便道：「楷兒，沈傲的詩詞經義如何？」

連續叫了幾遍，趙楷才回過神，一臉茫然地嗯了一聲，抬起眸，眼角卻有淚漬。趙佶暗暗奇怪，道：「楷兒，拿試卷來給朕看看。」

趙楷精神一振，將試卷交給趙佶。趙佶心中倒是頗為期待，能讓楷兒失態的試卷，這倒是奇了，便聚精會神地先看經義。

「古之人以是爲禮，而吾今必由之，是未必合於古之禮也；古之人以是爲義，而吾今必由之，是未必合於古之義也。」看到這個開題，趙佶忍不住扶案道：「如此開題，倒是頗有意思，有獨匠之心。」

接著繼續往下看，整篇經義中規中矩，全文緊緊圍繞開題展開，格式亦無瑕疵，趙佶便忍不住笑：「沈傲這個人倒是滑頭，經義是他的弱項，也不知從哪裡學來的辦法，弄出個這樣的文章來。」

要說這經義，當真是滴水不漏，密不透風，尋不到絲毫的差錯，可是一篇文章讀下來，趙佶總覺得沈傲寫了這麼多，除了這開題，其餘全是廢話。

最奇怪的是，明明知道他是廢話，卻又揪不出錯漏來，道理上講得通，雖有些許驚世駭俗之語，卻又點到爲止，筆鋒一轉，又跑去仁義禮智信上了。

這樣的經義文章，若說他不滑頭，真是沒有天理了。

趙楷道：「據說沈傲入國子監之前，甚至連四書五經都未熟讀過，只半年時間，能作出這樣的經義來，已是驚世駭俗了。」

趙佶頷首點頭，心裏不由地想：「楷兒似是對這沈傲也頗有興趣，只怕是專門遣了博士來詢問沈傲學業的。」便是笑道：「想起這個滑頭，朕也便聯想到『驚世駭俗』四個字，這樣的經義之文，也只有他能作得出。」

繼續埋頭去看那詩，詩的題目爲「相思」二字，這一個開題，倒是難倒了不少太學生，尤其是程輝這樣的士子，整日埋頭苦讀，學問自然是一等一的，可是偏偏只記得讀書，卻對男歡女愛這等事便疏漏了。

沒有男歡女愛，又談何相思？所以程輝這一次陣前失蹄，經義作得極好，就連趙佶也爲之意動，偏偏那詩卻不入趙佶的法眼。

禮部這些選題官倒是精明得很，這一次開題，難倒了一片人，刻苦的窮書生不知相思爲何物，就是國子監的監生，雖是感情經驗豐富，可是作起詩來卻是礙手礙腳。他們平時作些曖昧之詞，那是手到擒來，偏偏這是考試，在考場裏，閱卷的都是官員，平時博士、官員們板著個臉，誰敢在他們面前寫得過於曖昧？

因此，這十幾分卷子，詩詞經義都是作得極好，卻沒有一首詩詞能夠做到打動人心，辭藻雖然堆砌的繁華如織，偏偏少了那麼一點點讓人悸動的東西。

趙佶頗有些意興闌珊，將最後的希望放在了沈傲的試卷上，這一看，果然愣住了，喃喃念叨：

「問世間情是何物，直教人生死相許。好，好……」

這樣的開頭，雖然淺顯，卻是朗朗上口，一口道破了相思之意，直訴人的心懷。

再往下看，全詞寫著：

「天南地北雙飛客，老翅幾回寒暑。歡樂趣，離別苦，就中更有癡兒女。君應有語，渺萬里層雲，千山暮雪，隻影向誰去。橫汾路，寂寞當年簫鼓，荒煙依舊平楚。招魂楚些何嗟及，山鬼暗啼風雨。天也妒，未信與，鶯兒燕子俱黃土。千秋萬古，爲留待騷人，狂歌痛飲，來訪雁邱處。」

趙佶默然地盯著試卷，心思不可捉摸。

詞的開篇，便陡發奇文，破空而來。這詞的詞名叫《雁邱詞》，原以爲既是以雁爲題，開篇本是詠雁，可是詞卻是先從「世間」落筆，以人擬雁，賦予雁情以超越自然的意義，想像極爲新奇。也爲下文寫雁預做張本。

情至極處，「生者可以死，死者可以生」。「生死相許」是何等極致的深情。

接著到了第二句，筆鋒一轉，卻是描寫雙雁了，「天南地北」冬天南下越冬而春天北歸，「幾回寒暑」雙宿一起飛，相依爲命，一往情深。既有歡樂的團聚，又有離別的辛酸，但沒有任何力量可以把牠們分開。而「網羅驚破雙棲夢」後，愛侶已逝，安能獨活?於是活者痛下決心追隨於九泉之下，「自投地死」。

這是一個極小的故事，故事的背後，卻有一種蕩氣迴腸的情懷。

隨後詩詞又開始一變，借助周圍景物襯托大雁殉情後的淒苦。在孤雁長眠之處，當年漢武帝渡汾河祀汾陰的時候，簫鼓喧鬧，棹歌四起；而今平林漠漠，荒煙如織，簫鼓聲絕，一派蕭索。古與今，人與雁，更加感到鴻雁殉情的淒烈。但是死者不能復生，招魂無濟於事，山鬼也枉自悲鳴，在這裏，寫景與寫情融為一體，更增加了悲劇氣氛。

詞的最後，是對殉情鴻雁的禮贊，說的是鴻雁之死，其境界之高，上天也會嫉妒，雖不能說重於泰山，也不能跟鶯兒燕子之死一樣同歸黃土了事。牠的美名將「千秋萬古」，被後來的騷人歌詠傳頌。

這樣的詩詞，辭藻華麗，同時指斥人心，讓人在朗讀之時，情不自禁地為之感傷，彷彿耳邊有著雁鳴的迴蕩，那雁鳴聲聲泣血，訴說惆悵相思情懷，不說是趙楷，就是那趙佶，品味了那詞句裏的情思，眼眸也頓然模糊了。

趙佶是風流皇帝，趙楷是風流皇子，又都是喜歡對月吟詩、滿懷著詩情畫意之人，其情感之豐富，際遇之風流，又豈是常人所及。越是這樣的人物，對風花雪月，對刻骨相思，都是極致敏感的。

拿著同樣的詩詞，去問田間耕作的農戶，農戶只怕聽到的只是雲裏霧裏，若是去問用功苦讀的太學生，只怕太學生除了為文辭藻和寓意拍案之外，並無過多的蕩氣迴腸。可是這皇帝和皇子乍看之下，那隱藏在詩詞中的感傷情懷，以及對相思的刻骨之情，用雁喻人，生死別離的痛楚，卻是直入二人的肺腑。

趙佶吁了口氣，卻是遲遲不願將目光移開，患得患失地道：「明明是個浪蕩子，卻能作出這樣感人肺腑的詩詞，真是怪哉，這個沈傲，連朕也猜不透啊。」

趙楷強笑道：「父皇，這樣的詩詞，兒臣看了，只怕今夜要輾轉難眠了，心裏總是想著那孤獨的雁兒，食不甘味啊。」

趙佶沉眉道：「朕發一道中旨出去，嚴禁各州捕雁吧。」

說著，趙佶的目光繼續落在沈傲的試卷上，卻突然露出疑竇之色道：

「沈傲的字又是變了。」

方才一心去看詩詞，就連行書都來不及品味，此時凝神去看，趙佶又發出感嘆，一時恍然。

趙佶看過沈傲不少行書，為之嘆服，可是這一次，沈傲的行書風格又變得迥異起來，行書之間簡捷凝練，運筆堅實峻健，點畫顧盼生情，結字俊秀而骨力遒勁，使字字結體生動明快，清爽不落俗套。

趙佶看得癡了，忍不住地嘆道：「越是看他，越是令人難以捉摸，罷罷罷，把這份試卷裝裱起來，貼在文景閣裏吧。至於這年試頭名……」

趙佶所說的他，不知是這行書，還是那個沈傲，只是他要將試卷裝裱，顯然是對這詩詞和行書喜愛之極。

趙佶沉吟片刻，道：「沈傲這個人放蕩不羈，玉不琢不成器，原本朕是打算將他放置在三甲之外，打打他的傲氣的。只是這經義尋不到瑕疵，詩詞更是蕩氣迴腸，仍然取他為頭名吧。楊戩，你來，我再發一道中旨，你帶著旨意到祈國公府去，朕要好好訓斥他一頓。」

這倒是奇了，奪了頭名，官家還要發旨整飭，這是什麼道理？

楊戩呵呵笑著，順著趙佶的話道：「奴才為官家研墨。」

趙佶走至案前，舉筆蘸墨，心中一想，便下筆了。

趙楷在旁觀看，卻忍不住心中暗暗吃驚，只看父皇下筆之後，那行書的風格竟頗有些改變，似乎……似乎……有一點點模仿沈傲試卷上的風格。

須知行書之人，一旦見到好的行書，心中自然會生出好感，而這種好感，也漸漸的會轉變自己的行書風格，潛移默化之下，逐漸融匯到自己的風格上去。

但是這個前提是，那人的書法一定要極為高絕，使人頓生挫頓之感，默默地產生臨摹之心。現在的父皇，莫非對沈傲的行書推崇有加了嗎？

趙楷心中轉了許多個念頭，恍神之間，趙佶中旨便已經寫好了，落了筆，先叫人去吹乾墨跡，隨即裝裱，遣楊戩立即前往祈國公府。

文景閣裏的事，沈傲是一概不知的，此刻的他安頓了春兒，便又將吳三兒拉到一旁，囑他好生照顧，不能出現差錯，若是春兒無聊，也可尋些力所能及的事讓她做一些。

吳三兒自然領命，沈傲回到祈國公府已到了半夜，一覺醒來，便去佛堂裏尋夫人閒談。

夫人這些時日倒是忙得很，不止是爲迎賢妃娘娘的事，那石夫人，還有京中不少太太來拜訪的次數也不少，夫人心情頓時愉悅極了，往常被人默默看不起，如今終是揚眉吐氣了一回。

沈傲放了假，夫人自然是要問考試的事，沈傲哪裡敢說提前交卷的事，敷衍了幾句，便將話題移開。

夫人又說到春兒，頗有些遺憾地道：「春兒跟了我也有四五年了，她的性子好，現在身邊沒有了春兒，許多事都不便了，心裏總覺得空落落的。」

沈傲笑道：「姨母，有件事我得說，春兒並沒有回鄉下去。」

夫人訝然道：「這是怎麼回事？」

沈傲心知瞞不住，便將昨日的事說了。

夫人唏噓不已：「我原道她的舅父舅母是擔心她的親事，因而也怕耽誤了她，不敢留她在府上。誰知那劉氏竟這樣刻薄，你這樣做的對。」隨即又道：「你若是喜歡春兒，我這個姨母也不多說什麼，你好自爲之吧。」

沈傲頷首點頭，道：「我知道的，姨母，看你這幾日精神似是有些不太好，賢妃娘娘的事讓你操心了，迎鳳駕自是沒有錯，可也不必這麼操勞，一些事該讓下人們去做的，還是讓他們去做，不必事事躬親的。」

說到那賢妃，夫人頓時黯然道：「你這孩子是不知道，這賢妃與公爺有隔，我這樣做，爲的還不是希望他們能消了從前的嫉恨？兄妹畢竟是兄妹，又能有什麼仇？咱們體體面面地迎了這鳳駕，就是希望這賢妃知道這份兄妹之情。」

沈傲附和著道：「姨母說得對。」說著，便不再勸了，這種污七八糟的事，他是不敢碰的，雖說他也曾向郡主打聽了賢妃的消息，這賢妃在宮中地位尚可，生了一個小公主，年紀只有六七歲，至於其他的，就語焉不詳了。

夫人笑道：「等這事忙完了，你就陪我到寺裏去燒燒香吧，許久沒有聽高僧們誕講佛經了，這心裏頭總是教人放不下。」

沈傲一聽，不由地在心裏想：「不知那小和尚釋小虎如何了？下一次去，得給他帶些新奇的玩意兒。」隨即便笑道：「姨母抽出空，我隨時相陪的。」

正說著，那一邊香兒急促促地過來道：「夫人、表少爺，宮中來了旨意，教表少爺去接旨，現在公公已在門外了。」

這一句話倒是嚇了夫人一跳，連忙站起來，道：「接旨意？為何事先沒有消息？」

須知一般朝廷的旨意，都要先經過中書省，有一套極複雜的章程，以國公的權勢，那旨意未到，就已經事先有通知的；偏偏這一次卻是趙佶心血來潮發來的中旨。

所謂「中旨」，便是宮廷發出親筆命令，或以詔令不通過中書門下，直接交付接旨的人或者機構，這樣一來，倒是令夫人一時倉促起來。

夫人畢竟還是見過世面的，沒半晌，便是鎮定地道：「將府中的僕役都召集起來，開門，設香案，隨沈傲去接旨意。對了，快去將我的誥命禮服取來，不可失禮了。」

周公府門大開，隨著一聲炮仗聲響起，香案上也燃起沉香，楊戩還未進去，周府上上下下上百人已恭候多時，為首的沈傲，由夫人作陪，夫人穿戴著抹金軸的三品誥命禮服，雍容華貴，眼眸中，自有一副端莊之色。

其實在心裏頭，夫人還是頗有些忐忑的，沈傲這個孩子怎麼會上達天聽，會不會得罪了什麼人，官家要降罪下來？

隨即卻又是釋然，若真是降罪，只怕有司早就來拿問了，瞧這公公身邊只有兩個禁衛，倒不像是來拿人的樣子。

沈傲卻也是奇怪，皇帝？下旨意？他自問自己和皇帝什麼的沒什麼交集啊，這個時候下什麼旨意？莫非有官做？這可太好了，省得天天去看什麼經義文章。

不過，這個想法也只是想想而已，他還不至於到白日做夢的地步，心裏腹誹一番，這皇帝看來很清閒嘛，天天閒著沒事，吃飽了撐到了。

楊戩正色步入府內，那一邊已黑壓壓地跪下一片，就是夫人，也是蹲身行著福禮，一動不動。沈傲一看，噢，接聖旨要下跪的。他倒沒有這麼矯情，就當是跪自己另一世早已過世的父母吧，想著便屈身跪下。

楊戩唱喏道：「制曰：國子監監生沈傲。朕興學校，崇選舉，以羅天下之士，授以官庸以激勵於文學之士也。爾入監學，朕觀爾放浪不羈，浪蝶狂蜂，雖有心向學，卻四處惹是生非，學子可為乎？爾有才學，卻德行淺薄，當誡之，慎之，切莫虛驕恃氣……」

沈傲一聽，不太對勁，放浪不羈、浪蝶狂蜂，這……這好像是在罵人啊。再往下聽下去，又加了個惹是生非，冤枉啊，皇上，都是事來惹我的啊。至於到了後面，就更嚴重了，什麼德行淺薄，這一句話，幾乎已到了誅心的地步。須知古人最尚德行，先得有德，才能有才。德行不好，尤其是皇帝說你德行不好，這……這他娘的做人也太失敗了。

不過，這棒子高高地揚起，許多人一聽，正是惶恐不安，以為後一句是命有司羈押拿問了，可又話鋒一轉，卻是個誡之，慎之，意思是說，自己趕快把從前的壞毛病改了，至於降罪的事，卻是一字不提，後面雖說了句虛驕恃氣，看上去很嚴重，卻只是加重告誡之意。

夫人聽了，忍不住鬆了口氣，看來這只是口頭警告，談不上降罪。

沈傲卻冤得慌，他自認自己似乎並沒有做什麼太過分的事，雖然有時候囂張了點，借著皇帝的名號去糊弄過人，可這也不算大錯吧？

只是，皇帝突然下一道這種沒頭沒腦的旨意，到底是什麼意思呢？這倒是奇了，但凡聖旨，大多不是恩賞就是問罪，可是這個聖旨，倒有點兒像老師教訓弟子，亂罵一通，最後卻以勸慰收尾，說不通啊，若說沈傲是宗室，是勳貴，甚得官家寵愛，官家拿他做子侄，發一道這樣的旨意倒也罷了，偏偏沈傲和這個皇帝連照面都沒有打過。

正是沈傲在心底裏亂七八糟猜測的時候，楊戩的聖旨念完了，他笑呵呵地將聖旨一捲，先是將夫人扶起來，道：「夫人萬安。」

隨即又走向沈傲，正要攙扶他，誰知沈傲爬起來比誰都快，讓楊戩訕訕不已：「呵呵，沈傲，你接旨意吧。」說著，便將聖旨送到沈傲的手裏。

沈傲覺得楊戩有點兒眼熟，卻是想不起是誰來，上一次在邃雅山房，楊戩換了裝束，相貌也變了一些，再加上只是不起眼的跟班，沈傲也沒有多看，可是此刻的楊戩，卻是雍容華貴，臉上如沐春風，笑吟吟的，一點架子都沒有擺出來，對沈傲道：

「沈公子果然是一表人才啊，這旨意，你已聽明白了嗎？」

沈傲哪裡不明白，這是罵人呢，偏偏人家劈頭蓋臉地罵過來，沈傲還不能不爽，非得要作出一副虛心接受的樣子，滿腹無奈地道：「聽明白了，咳咳……這個，這個……學生虛心接受了。」

楊戩滿意點頭：「知錯能改，善莫大焉，咦，沈公子還讓咱家在這裏站著嗎？爲何不請咱家去坐坐？」

咦，這太監的臉皮倒是很厚，沈傲呵呵一笑，伸手不打笑臉人，這太監很上道啊，笑得很燦爛。忙道：「請公公廳裏就坐。」

餘人盡皆散開，夫人是女眷，國公不在府上，自然由沈傲來做主，迎著楊戩到前院正廳安坐，楊戩在沈傲面前卻不擺任何架子，呵呵笑著喝了口茶，道：

「咱家這人除了給人端茶遞水，還有一樣手段卻是常人難以企及的，沈公子要不要聽聽？」

沈傲心裏直笑，楊公公這樣說，不就是等自己順杆子往上爬嗎？便故意疑惑道：「請公公示下。」

楊戩哈哈一笑，道：「咱家最擅長的就是相面，說起這相面，說高深也不高深，不過嘛，咱家相的人，將來是一定會發跡的。沈公子要不要試試？」

你都開了口，我還敢能說個不嗎？

沈傲正襟危坐道：「楊公公只管來看，我的臉皮厚，就怕楊公公看不出。」

他心裏卻是想，這個楊公公比之上次遇到的曹公公，當真是不可同日而語，曹公公那點兒道行碰到了楊戩手上，那真是連提鞋都不配。

看看人家，三言兩語就拉近了兩個人之間的距離，又對自己似有暗示，這樣的本事，那個曹公公若是學會了，只怕也不會被發配到教坊司裏公幹，至少也是在宮中行走的。

楊戩道：「沈公子真會說笑。」心裏卻是不由地嘀咕起來，這沈公子臉皮確實很厚，比咱家還厚，難怪能招人喜歡。

第六五章
一周刊

邃雅周刊？沒有聽說過，不過，既沾上了「邃雅」二字，

想來是邃雅山房又出了什麼新奇的東西；

須知這幾個月來，邃雅山房屢屢出彩，早已在汴京城變得家喻戶曉，

無人不知。只是，這邃雅周刊，又是什麼東西？

楊戩定定神，裝模作樣地看了沈傲幾眼，才笑呵呵地道：「沈公子是大福大貴之相啊，依咱家看，將來入閣拜相亦是遲早的事。」

楊戩似乎是在向沈傲傳遞某種訊息，沈傲心中瞭然，卻是道：「入閣拜相？我可擔當不起，倒是想教公公看看，我這一輩子能娶幾個老婆？」

他說得很認真，一點都不像是開玩笑。楊戩一時無語，這是什麼人啊，堂堂監生，大大的才子，好好的不想著自己的前程，卻去問老婆，這……這……太不像話了，不過倒是很有意思，好，咱家給他算一算。

他繼續看了看沈傲的面相，咿呀一聲，驚奇的道：「沈公子骨骼清奇，必是花叢高手，印堂泛紅，只怕是命犯桃花，將來必定妻妾成群。」

沈傲聞言大喜，喜滋滋地道：「公公可不要誑我，若是將來沈某人討不到老婆，將來可是要捲了鋪蓋，到公公府上吃喝拉撒的。」

哦？本公子居然印堂泛紅？還真是天生異象啊，找機會照照鏡子去。

楊戩大笑，這小子上道啊，是個人才，牙尖嘴利，還是個自來熟，和咱家倒是很像，這樣的人有前途。

想著，楊戩隨即拍著胸脯道：「只要沈公子看得起，就是現在捲鋪蓋到咱家的府上去，咱家也負責你的吃喝如何？」

沈傲反倒不好意思了，開玩笑而已，這楊公公還來真的了，表現得還這樣的誠摯，好像自己不去他家吃拿很不過意似的。

這一番話下來，更是拉近了二人的距離，臉皮厚的碰到一個臉皮更厚的，自來熟的遇到一個自來更熟的，三言兩語之間，若是還有什麼拘謹，那真是見鬼了。

二人足足說了半個時辰，楊戩已起身坐到沈傲的身前了，那伸出來的蘭花指搭在沈傲身上，呵呵笑道：

「沈傲小弟，實話和你說了吧，宮裏頭的那位……嘿嘿，對你很看重呢，非但是官家，就是三皇子也對你讚譽有加，有了聖眷，你還愁個什麼？你看那太尉高俅，從前是什麼人？不過是個小小書僮，卻因蹴鞠踢得好，得了聖眷，如今已獲三公，實授開府儀同三司，統管禁軍，端的是威風八面，位極人臣。以沈傲小弟的本事，依我看，只怕比之高太尉更加了得呢。」

咦，原來高俅也是書僮出身？居然是本公子的同行？不過，什麼開府儀同三司，沈傲卻不知道是什麼官，聽這口音，倒像是國防部長級別的，看來這高俅倒是並沒有後世所傳那樣不堪，倒成了沈傲的楷模了。長江後浪推前浪，一代新人換舊人，莫非本公子就是給高太尉更新換代的替代品？

沈傲心裏做著升官發財的美夢，卻是苦笑道：

「楊老哥這話差了，方才官家還特意宣了一道旨意來罵我呢，放浪不羈、浪蝶狂蜂，還有德行淺薄，這些話真是令人振聾發聵，學生一聽，很是慚愧，別說做官發跡，整日膽戰心驚的，哪裡還敢有這心思。」

楊戩道：「沈傲小弟這就不懂了，官家日理萬機，能讓他放在心上的人有幾個？這世上能讓官家咬牙切齒痛罵的又有幾人？官家這是在敦促你，是對你抱有期望，否則，發一道中旨來罵你做什麼？」

噢，被皇帝罵還是一件很榮耀的事，敢情沈傲應當謝主隆罵了，這個邏輯真是太強大了，沈傲哭笑不得，只好訕訕然地道：「多謝楊老哥提點。」

楊戩親暱地拍著沈傲的肩：「時候不早了，咱家還要回去交差呢，今日與沈傲小弟一見如故，有空閒可去咱家府上坐坐，若是有人欺負了你……」楊戩的臉上浮出一絲獰笑：「就和咱家說，咱家倒要看看，誰有這樣的膽子。」

這年頭還是太監橫啊，這種話，就是國公都不敢說，可是楊戩卻是堂而皇之的說出來。沈傲心裏樂呵呵的，有關係不用，過期作廢，往後是該找機會尋這個楊公公幫幫忙，比如上次遇到曹公公的事，若是現在遇到，哪還需要這樣麻煩，直接請楊公公擺平就是。

將楊戩送走，回來的路上，便看到許多驚詫的目光，顯然方才那道聖旨令府裏的一干人等爲這表少爺提心吊膽，幾個平時和沈傲走得近的，都來相問，那劉文擦著額上的冷汗道：

「表少爺，方才真真是嚇死我了，我原先還以爲，這官家是要拿問表少爺呢，沒事就好，往後望表少爺收收心，好好讀書，遵照著官家的話去做。」

沈傲笑呵呵地拍著他的肩道：「怕什麼，打是情，罵是愛，懂不懂……」他神神秘秘地附在劉文的耳畔道：「官家多半是愛上我了。」

「啊……」劉文驚叫，表少爺真是什麼話都敢說啊，連忙道：「表少爺去歇一歇，劉某還有事要做，告辭，告辭。」

過了兩日，中試的榜單貼出來了，沈傲卻沒有去看，大有一副一切都是浮雲的心態。

到了下午，便有許多同窗成群來拜訪，都是恭喜沈傲奪得頭名的，這些傢伙鬧哄哄的，攪得人不得安生，倒是夫人脾氣好，教沈傲和周恆好好接待，又是留飯，又是教人上好茶、做些新奇的糕點招待。

同窗們也不客氣，臉皮厚的讓沈傲都自慚形穢，該吃的吃，該拿的拿，臨走時，還一個個親熱地挽著沈傲的手說：「過幾日我們再來拜訪，沈兄就不必送了，來日方長嘛。」

沈傲無語，他哪裡是想送他們，巴不得趕緊將他們趕走。

爲了這聖旨的事，夫人擔心極了，四處向人打聽宮中的消息，又督促沈傲往後不許胡鬧，鬧得都上達天聽了，這還了得，因而隔三岔五叫他去佛堂，並不是想教沈傲去禮佛，而是怕他去惹是生非，教他收收心。

倒是國公對聖旨的事卻是沒說什麼，有時帶著沈傲去拜訪幾個京中的朋友，這些朋友大多都是喜好古玩的，早已盼著沈傲去賜教了。

抽了空，沈傲去了陳濟那裏幾次，陳濟對他的態度卻是軟了下來，教他做經義文章，將自己的心得傾囊相授，做文章時如何破題，如何承題，如何開講，如何收尾，這些都需要許多技巧的，他拿了沈傲中試的那篇經義去看，隨即指出了不少不足之處。

沈傲這時候才發現，陳濟確有非凡之處，這個狀元公行書尚可，詩詞是他的弱項，可是唯有一樣卻是出類拔萃，便是這經義文章，其水準別說是沈傲，就是國子監的諸位博士都差之千里。

沈傲人聰明，又有基礎，因此學起來也快，此後，每天寫一篇經義文章，第二日清早去向陳濟請教，陳濟看了他的經義文章之後，再指出缺點，舉出他的不足，加以矯正。

如此反覆過了幾天，沈傲的水準倒是見長了，彷彿這幾天所學的東西，比從前在學堂裏所學的要多得多。

其實這也難怪，在國子監裏，博士們授課，往往並不講技巧，只要求學生死記硬背，在他們看來，要想下筆千言，只須猛背就是了，不但要背四書五經，更要背一些經典的範文，反反覆覆的背，一直要到倒背如流的地步。

偏偏沈傲將四書五經背了個滾瓜爛熟，一些經典的經義文章也記下了不少，這思維非但沒有開闊，反而僵化了。每次寫經義文章，腦海便出現了經典的範文，不管如何下筆，總是脫不開這些範文的影響。

可是陳濟的辦法卻不同，陳濟講的是一個練字，不斷的鼓勵沈傲自己去寫經義文章，寫完了再讓他指正，告訴他哪裡出了錯誤，需要改正的地方在哪裡，若是用另一種思維來破題是否會更好，這種一對一的教學方式，再加上陳濟的高絕水準，讓沈傲一時茅塞頓開。

轉眼到了十一月十三，年關越來越近，近幾日的天空卻總是陰沉沉的，陰霾陣陣。

這天，一大清早，天空便灑落了一絲雨線，霪雨霏霏，大冬天裏竟是下起了毛毛細雨，夾帶著徹骨的寒意。

沈傲昨日去邃雅山房轉了轉，山坊已經開業了，由吳六兒主持，生意倒是紅火得很，這種大眾型的茶肆吸引的顧客頗多，不過利潤卻少。

這只是一個開始，沈傲倒是並不太在意這新店的利潤，只要有賺頭就行。

春兒是閒不住的，住在邃雅山房，偶爾幫著算算帳，她進了國公府，學了一些算數，因而算賬的事倒是力所能及。

沈傲正打著一個主意，由於《邃雅詩冊》的暢銷，吳三兒已將多餘的錢購下了一間瀕臨倒閉的印刷坊，招聘工匠，更新了活字工具，倒是忙得不亦樂乎。

沈傲的意思是，除了出版《邃雅詩冊》，似乎還可以印刷些別的東西，以賺取更多的利潤。

沈傲曾教周恆做過調查，在汴京城，識字率還是相當高的，不過，許多人雖然識字，可是文化水準卻大多也只是識字而已。

這批人可以算是汴京城的中產階級，有些生計，略有家財，手頭卻並不充裕，因此主要的消遣自然及不上腰纏萬貫的巨賈和官人，既不可能去勾欄青樓裏一擲千金，也沒有附庸風雅的本錢；有空尋個茶肆、酒肆坐一兩個時辰，聽人說說書，和人閒扯幾句，就已是極爲難得了。

沈傲打算辦一種類似於報紙的刊物，每週一版，當然不是議論時政，而是以講故事爲主，版面他已想好了，尺寸設定爲後世報紙大小，每版三張，共設立四個專欄，一個叫「獵奇鬼話」，自是寫一些鬼怪的故事，還有一個叫「才子佳人」版，什麼某生邂逅某富家小姐之類的情話故事，這種故事主要是迎合閨閣少女的需要，故事情節一定要夠純情，最後一定要有團圓圓滿的結局，什麼長相思守，什麼有情人終成眷屬之類，求的就是一個爽字。

至於第三個專欄，則是一些八卦故事，當然這種所謂的八卦，其實大部分是胡編亂造，如汴京城某地某人偷矇拐騙，十惡不赦，勇氣與機智並重的官差們如何尋凶，又如何索取物證，最後將其捉捕歸案之類。這種故事有一定的紀實性，又添加了不少煽情的內容，滿足觀眾的獵奇心理。

最後的第四個專欄，則是長篇連載的專欄，連載的故事有一定的好處，在於一旦前篇吸引到了讀者，這些讀者很樂意掏錢看後面的故事，所謂欲罷不能，便是這個道理。

有了構思，要施行起來倒也容易，技術和發售的事自然是交給吳三兒，沈傲則專心去編些後世耳熟能詳的故事，往後還可以讓一些人投稿，每週的故事不需要太多，也不至於手足無措。

不過，教沈傲親自提筆去寫故事，時間和精力都消耗的太多，沈傲的主意，打在了小章章身上。

小章章在邃雅山房裏白吃白喝白睡，日子過得倒是不錯，有了空暇，還可以和茶客們討教些文學上的問題，平時看看書，和侍女們發生些不清不楚的關係，倒是頗有樂不思蜀的意思。

沈傲悔恨啊，早知道不該引狼入室，如今這傢伙被自己養著，倒是一點兒愧疚的意思都沒有，叫了幾聲表哥，差點兒要把沈傲當親哥了。

這樣下去可不行，不能讓小章章繼續墮落下去，要榨取他的剩餘價值……哦，不對，要教會他自食其力，讓他振作起來。

其實小章章的文化水準還是不低的，雖然距離作出好詩好詞還差得有點遠，其他的倒都還不至於難住他；畢竟出身世家，底子擺在那裏，就是像周恆那樣天天遊手好閒，也不至變成大老粗。

沈傲摸著小章章的背，很親切地說，小章章啊，你想不想一鳴驚人？想不想作出一番事業，讓別人刮目相看？這句話正中陸之章的心懷，自然是點頭如搗蒜，哪裡會說個不字。

這就好辦，沈傲需要的就是有爲青年，有膽魄，有決心，有毅力。最後，小章章成爲了周刊的第一個專欄作家。

第一版周刊的故事，幾乎全部由陸之章主筆寫出。當然，靈感全部來自於沈傲，沈傲先列好大綱，設計好人物和大致的劇情，其餘的事就不勞他操心了，由陸之章來將故事塡充得飽滿曲折。

故事寫出來後，倒還真不錯，尤其是那幾部小短篇，雖然都是後世耳熟能詳的小段子，可是經由陸之章潤筆，竟還玩出了點小花樣，沈傲大爲讚賞，公子就是公子啊，心裏頭的鬼主意不少，不呆板，有創意，很有前途。

今日，沈傲清早醒來，做的第一件事，便是穿了衣衫，上街去買一份《邃雅文萃》，今日是《邃雅文萃》創刊的第一日，效果到底如何，他的心裏其實還是有點兒發虛的，不親眼看看，放心不下。

吃了送來的早餐，沈傲端起一方銅鏡，左右照了照，呵呵一笑，自言自語地道：「楊公公一張嘴太會唬人了，竟說我印堂是粉紅色的，我怎麼看著白的很，做小白臉都夠了。」

心裏腹誹一番，掩門出去。到了馬房，原想借一匹馬出去閒逛的，誰知這馬廄裏，卻看到周若帶著丫頭正在挑選馬車。

周若見了沈傲，臉上的表情令人琢磨不透，只見她撐著一柄油傘，細雨如線飄灑下來。她本來就纖巧削細，在油傘之下，更顯得動人了。尤其是那俏麗的臉龐，在雨霧濛瀠之中，面凝鵝脂，唇若點櫻，眉如墨畫，神若秋水，說不出的細膩動人。一身翠綠的裙子，在這渾濁的雨中更顯得格外的奪目鮮潤，直如雨打碧荷，空靈清逸極了；雖只是板著臉，卻有一種別樣的風情。

這樣的小雨，沈傲自是不帶傘的，雨線飄灑至他的頭上，臉上都浸濕了，好在他皮糙肉厚，倒不覺得什麼。

看了沈傲這模樣，周若便氣不打一處來，這樣的寒冬裏淋著雨，這個表哥也太不知珍惜自己了，要是病了，只怕要害得她娘擔心了。

「哈哈，表妹，你也要出門？這倒是巧了。」沈傲笑呵呵地渾不在意，他心裏知道，這個表妹是面冷心熱，越是冷淡，就越熱心。

周若瞥了他一眼，道：「春兒如何了？你將她安置起來了嗎？」

說起來，春兒的事還真是需要感謝表妹，若不是她急中生智叫小郡主去報信，只怕沈傲要遺憾終身了。

沈傲正色道：「已經將她安置起來了，無妨的，我還得謝過表妹呢。」

周若冷哼了一聲，嗔怒道：「你的風流債還不少呢，又是蓁蓁姑娘，又是春兒，將來還不知繼續會禍害多少姑娘。」

有嗎？很多嗎？在這個時代，似乎並不多啊，自個兒也只是入「境」隨「俗」而已。

沈傲覺得有些委屈，苦著臉道：「表妹的話似乎說得重了一些吧，其實表哥也沒有這麼不堪的。」

雨水滴答落在他的身上，周若見他喋喋不休的自辯，心裏頗有些不忍：「你爲什麼不到馬廄裏去躲躲雨，在雨中站著，莫非覺得自己很英雄嗎？」

沈傲撇撇嘴：「我要出門了，馬廄就不去了，表妹若是拿那油傘爲我遮雨，這才差不多。」他向馬夫道：「給我尋匹馬來，要帥一點的。」

馬夫和沈傲是熟識的，也知道帥是怎麼個回事，笑呵呵地道：「表少爺，俊俏的馬兒是沒有了，今日要採買不少年關的雜物，都被人挑走了，倒是有兩頭驢兒，模樣也是很周正的，可謂驢中極品，不知表少爺要不要？」

「驢？」沈傲眼睛直愣愣地望著馬廄中的一匹馬，不消說，這馬已被表妹預定了，驢就驢吧，驢子好，走路不快，安全環保，好表哥配好驢。咦，本少爺居然連想事的時候都押韻了，看來文化水準見長啊，這經義文章沒有白學。

沈傲道：「好吧，就替我牽一匹來，事先說好，不要母的。」

周若聽到沈傲在這邊胡說八道，心裏不由地想：「不要母的，這又是什麼典故？」俏臉一紅，啐了一句：「不正經，難怪聖旨都下來訓斥你。」

馬夫牽了驢來，這驢兒懶洋洋的，上了鞍，也沒有爲牠添加幾分矯健；沈傲無語，卻也不嫌棄，翻身上去，晃悠悠的夾著驢腹，朝周若笑道：「表哥今日有點急事，先走一步了。」

周若見他淋著雨，有心叫他一起坐馬車，可是話兒梗在喉頭，卻是沒有開口，冷言道：「哼，你自走你的。」

沈傲不再多說，急促促地騎驢踐踏著泥濘而去。

出了周府，遠處便是一個酒肆，按照沈傲對吳三兒的吩咐，周刊發售時，需找一些無所事事的童子，讓他們帶著周刊四處叫賣，尤其是人流較多的地方，一定不能錯過。只可惜今日下了雨，出師不利，因而只能退而求其次，在酒肆、茶肆等一些人群密集的地方發售了。

所以要看周刊的銷量，只需找家酒肆落座，看看效果如何。

進了一間酒肆，只見這酒肆的規模倒是不小，分爲上下兩層，剛剛踏入門檻，黃酒的香氣便撲鼻而來，酒客倒是不少，今日下雨，許多人沒有出來營生，天氣又冷得很，恰是喝酒的最好時機。

七八盆炭火擺放在各處炙燒，酒肆內溫暖如春，沈傲撿了個靠炭盆的位置坐下，點了酒菜，便開始等待了。

過了片刻，仍沒有報童來，沈傲頗有些心焦了，耳邊到處是一些酒客的閒言閒語，有些酒客幾杯酒下肚後，話頭便多了，膽子也大得很，連宮中的緋聞也敢傳。

沈傲闔著眼，默不作聲，正是急不可耐的時候，卻看到一個衣衫襤褸的小童背著油布包著的包袱進來。

這小童左右張望，顯得有些生澀，就連店家看了他，都頗有些不悅，準備打發人將他驅走。

小童的臉蛋凍得有點兒紅，終於大著膽子放聲出來：

「邃雅周刊今日發售，五文一份，內容精彩至極，邃雅山房神秘才子編寫的奇聞雅事，諸位客官，不可錯過……」

這些話多半是吳三兒教他們說的，一句話出來，倒是引來不少酒客的注目。

邃雅周刊？沒有聽說過，不過，既沾上了「邃雅」二字，想來是邃雅山房又出了什麼新奇的東西；須知這幾個月來，邃雅山房屢屢出彩，早已在汴京城變得家喻戶曉，無人不知。

只是，這邃雅周刊，又是什麼東西？

聽那報童一喊，許多人已經意動了，五文錢不多，幾個炊餅錢，嘗嘗鮮，看看這邃雅山房葫蘆裏賣的是什麼藥，倒也不必過於猶豫；只是一時無人出來購買，許多人抱著絕不當出頭鳥的心思，只是熱切地看著，並沒有立即出手的意思。

這個時候，比的就是耐心，只要有第一個吃了螃蟹的人，那些心動者自然會紛紛響應；就看誰願意吃這第一隻螃蟹了。

那報童叫了幾次，卻是無人來買，頓時臉上露出失望之色，恰在這個時候，一個聲音道：「來，給我來一份。」

說話的，是一個戴著綸巾的書生，看他的模樣，家境只怕好不到哪裡去，想來是從外地來訪友尋師的。

捏出五枚銅錢，在眾目睽睽中交在報童手上，那報童連忙掀開油布包，取出一份周刊來，口裏道：「客官，你拿好。」

眾人的目光，頓時落在了那書生身上，屏住呼吸，滿帶著好奇的張望，一看只有三張疊起的大紙，心中略略有些失望，原來這就是邃雅周刊啊，只這幾張紙就值五文錢？

許多人不以爲然，連那書生也略略有些失望，攤開報紙去看上面的內容，這一看，便被吸引了。

「董生字遐思，青州西鄙人。冬月薄暮，展被於榻而熾炭焉。方將篝燈，適友人招飲，遂扃戶去。至友人所，坐有醫人，善太素脈，遍診諸客……」

書生頓時明白了，這是一個故事，故事的主角叫董生，這倒是頗有意思，只是不知這故事寫的是什麼？

粗略地介紹了董生的生平，再下來，便是說這個董生遇到個醫生要給他診脈，診過後，大夫說：「我見的人也多了，但脈象奇特的，沒有超過你的。富貴但又有貧賤的徵兆，長壽卻又有短命的徵兆，我實在不明白這是什麼原因。」

當天夜裏，董生回到家，卻遇到了一個美女突然在自己屋裏。這之後的故事既新奇，又曲折，看到最後，書生忍不住搖頭：

「原來這天仙般的女子竟是狐狸精，咦，狐狸所化的妖怪，這倒是奇了。」

他這喃喃一念，倒讓人怦然心動了，一個終於坐不住的酒客，便朝報童道：「我也來一份周刊。」

沈傲則繼續裝作認真地喝酒，幾杯酒下肚，身子也暖和起來，心裏想，這周刊沒有什麼風花雪月，卻全是大家喜聞樂見的故事，若是吸引不到人，哥往後上街都騎母驢。

他喜滋滋地端詳著那看周刊的書生，卻見那書生聚精會神，又帶有意猶未盡，翻了一頁去看下一個故事，心知自己的周刊應當得到了一定的認可，銷量是不成問題的，心中又不由地想：

「不知這朝廷禁止不禁止宅男宅女們更喜聞樂見的內容，本公子是不是該急人之所需，再開個第五專欄，哈哈……」

想是如此想，不過，這也只是沈傲的胡思亂想罷了，沈傲還是很看重這份報紙的品質的。

第六六章
癩蛤蟆想吃天鵝肉

這個蘇爾亞王子，沈傲在從前曾聽吳筆說過，
只不過他才不管什麼外交事務，泥婆羅什麼的關他個屁事，
這南亞猴子居然這樣看表妹，真是癩蛤蟆想吃天鵝肉，
表哥近水樓臺都還沒得手呢。

雨中的宮室猶如置身於仙境一般，那濛濛細雨澆落在琉璃瓦上，在白玉長廊勾欄上絲絲作響。

今日的趙佶顯得頗有些蕭索，原本是要去萬歲山觀山作畫，誰知天意弄人，卻只能待在文景閣中默默觀看著雨景。

前幾日敲打了沈傲一番，祈國公府那邊果然消停多了，邃雅山房也沒有傳出什麼駭人的消息，看來這個沈傲還真是嚇住了，只是這一嚇，卻令趙佶顯得有些落寞，習慣了隔三岔五聽楊戩傳些沈傲的雅事來，現在一下子沒了音訊，反倒覺得心裏空落落的。

他呆坐在御案前看著牆壁上懸著的詩，那細膩的筆鋒，一字字一句句令他更加惆悵，問世間情爲何物？

情爲何物，這一句問得好，好極了，一句反詰，卻是畫龍點睛，直擊人心。趙佶嘆了口氣，想去提筆寫些什麼，卻又將筆擱下，眉宇凝重起來。

突然，一道細碎的腳步聲匆匆傳來，來的乃是楊戩。楊戩臉上帶著笑，那笑容如沐春風，任誰見了，都會生出親近之感。

見到楊戩，趙佶鬆了口氣，楊戩陪了他二十年，二十年裏，主奴相伴，若說沒有感情，那是騙人的。

趙佶微微一笑道：「你這奴才，至今才看見人，聽人說你出宮去了？」

楊戩登時誠惶誠恐地道：「官家恕罪，今日不是奴才當值，奴才擅自主張，出宮了一趟。」

趙佶也知道自己的話似是說得重了些，道：「你能出宮，朕卻要整日待在這裏，哎，等雨停了，你隨我出去走走吧。」

自那一次微服出訪，久久未歸，不但是宮廷，就是朝野一時也亂了套，自此之後，趙佶便不再貿然行事了；今日又提出微服出去，實在是在這宮中憋得狠了。

楊戩微微頷首，笑道：「奴才知道官家悶得慌，因而特意帶來了一樣新奇的東西，請官家過目。」

趙佶定睛一看，卻見楊戩手上似乎捧著一個長條錦盒，心念微動，道：「拿來，給朕看看。」

楊戩小心翼翼地走過去，將長盒打開，裏面卻是一卷密密麻麻小字的紙，趙佶一看那字便知是雕刻印刷的產物，這紙既不是古物，上面寫的又不是書法，有什麼好看的？

隨意地將那紙卷攤開，這一看，便不動了。

邃雅周刊？這又是什麼？趙佶想起了邃雅山房，他是知道的，那邃雅山房的幕後之人一定是沈傲，那麼，這邃雅周刊是不是和沈傲也有干係？

他翻到最後一頁，那方正的字上寫的卻是一個故事，說是一個石頭上，蹦出了一隻猴子。咦，石頭上生猴子？這倒是奇了。

再往下看，便是這猴子如何拜師，如何學業，又如何剿了混世魔王，逐日教小猴操演武藝，又教小猴砍竹爲標，削木爲刀，治旗幡，打哨子，安營下寨。

到了這裏，足足看了小半個時辰，卻留下一句話道：「欲知後事如何，請聽下回分解。」

趙佶意猶未盡，卻是忍不住地哂然一笑：「真是胡言亂語，猴子如何會學人語，又如何能千變萬化？這個主意，多半是那沈傲想出來的。」

楊戩站在一旁，卻並不說話，趙佶雖然在責罵，卻沒有動怒的意思。

趙佶頓了頓，繼續道：「不過，這故事卻也精彩之極，坊間流傳出的故事不少，卻沒有他這樣的思維開闊，朕這幾日倒是清閒的很，看看這周刊，倒也能打發些時間。」

他想了想，又問道：「這周刊還有嗎？」

楊戩道：「這周刊是新發售的，每七日一刊，官家要看，只怕要再等等。」

趙佶嘆了口氣，道：「這個沈傲，又不知在弄什麼名堂，朕是降他不住了，一道中旨下去，只讓他安生了片刻，又固態復萌了。」

唏噓之間，有內侍來稟告道：「官家，禮部主客郎吳文彩求見。」

「他來做什麼？」趙佶皺了皺眉，將周刊放置在御案上。

「回稟官家，說是泥婆羅國王子已經送來了國書，要先請官家過目，再與泥婆羅王子斡旋。」

趙佶闔著眼，眼眸閃過一絲漠然，這樣凶悍之色，在楊戩眼中卻是極少見的，楊戩心下一凜，道：「那泥婆羅王子傲慢之極，如此彈丸之國，竟敢不將天朝放在眼裏，官家，何不如將那王子驅走，倒也安生些。」

趙佶卻是搖頭，若有所思地道：「泥婆羅雖是小國，用處卻是極大，他們只怕是知道了大宋的底線，知道朕的難處，才敢如此。哼，那王子的傲慢，只怕是用以觸探朕的底線的。」接著，他擺了擺手道：「去宣吳郎吧。」

過不多時，吳文彩徐步進閣，他年逾四十，舉手投足之間自有一副雍容，那一雙眼眸佈滿血絲，卻也銳利逼人，只是此刻，那銳利之色頓減，換上的是些許惶恐；乍看之下，便可看出他是個幹練之人。

趙佶坐在御案之後，方才那雷霆之怒早已煙消雲散，倒是換上了可親可敬的臉色，朝吳文彩微微一笑，對楊戩道：「賜坐。」

楊戩去給吳文彩搬來了錦墩，吳文彩欠身坐下，拿出一份硬木外裏著紅色絹布的國書，雙手將其高拱起來，道：「陛下，泥婆羅國獻來國書，請陛下參詳御覽。」

楊戩將那國書拿起，放置在御案上，趙佶呵呵一笑：「吳愛卿辛苦了。」

這一句話說罷，便將國書翻開，國書中的文字是漢泥兩國文字同書而成，漢字爲主，泥國字爲副，只稍稍一覽，便可知悉其意。

趙佶乍眼一看，那笑容頓時僵住了，眼眸掠過重重殺機，咬牙切齒的將國書推下御案，起身負手，卻是心事重重的在閣中來回踱步。每走一步，那怒意便增加一分，臉色難看極了。

以往他的性子帶著恬然，今日卻不知是否那王子觸到了他的逆鱗，天子之怒，有一種排山倒海的壓迫，讓楊戩和吳文彩頓時色變，屏息不敢言。

「陛下，微臣交涉不力，有辱國尊，願引頸受戮。」吳文彩一下子從錦墩上滑下來，跪倒在地，趴伏請罪。

趙佶冷笑回眸，冷哼一聲道：「和你沒有干係，哼哼，這泥婆羅彈丸小國，竟敢來要脅於朕，還敢大言不慚要我大宋與他泥婆羅遵西夏例，哈哈，夜郎自大……無恥之尤……」

楊戩一聽，頓時明白了，心裏暗暗咋舌，這泥婆羅國瘋了嗎？遵西夏例？就憑泥婆羅這樣的彈丸之國？

所謂西夏例，便是仁宗年間，西夏與大宋在三大戰役之後締結的盟約。西夏向宋稱臣，國主接受宋的封號；宋朝每年賜給西夏銀五萬兩，絹萬匹，茶萬斤；另外，每年還要在各種節日賜給西夏銀七萬二千兩，絹十五萬三千匹，茶三萬斤。當時的宋仁宗同意了西夏國主所提出的要求，於是宋夏正式達成和議，史稱「慶曆和議」。

這個合約表面上是西夏向大宋稱臣，可是內容卻令人大跌眼鏡，每年要贈予西夏的白銀便可多達十萬之多，還有絹、茶以及各種珍玩，其實大家心知肚明，大宋是吃了啞巴虧，有苦說不出。

問題是，西夏能得到這個待遇，在於他們的實力，尤其是這三大戰役，雙方征戰數年，而大宋屢戰屢敗，才不得已為求和而出此下策。

說得不好聽些，西夏現在所受的優渥，完全是憑著十幾萬夏軍流血掙來的，這個泥婆羅王子竟是獅子大開口，真是什麼條件都敢開啊。

趙佶怒氣沖沖地來回踱步，那眼眸殺機畢現，陡然道：「吳愛卿，若是朕現在立即驅逐泥婆羅王子，令他終身不得踏入大宋之濱，是否合乎國禮？」

他雖然大怒，卻終是存留了些許的理智，到了這個時候，仍然還在顧及外事禮儀。

吳文彩趴伏在地，一動不敢動，聲音卻是鏗鏘道：

「微臣以為萬萬不可，此次與泥婆羅締結盟約，已不再事關大宋，而關乎了吐蕃國的國策，吐蕃使者屢屢來問盟約之事，便是希望陛下能儘快與泥婆羅締結盟約，如此，吐蕃國抵抗西夏才可無後顧之憂。」

這份國書，在常人眼裏或許只是笑話，可是對於趙佶來說，不啻是戰書，是羞辱。

可是偏偏，跪地的吳文彩卻是既悲憤又理智地道：

「陛下不可不察，吐蕃國與西夏的戰爭屢戰屢敗，皆是後方憂患未除之故。若是與泥婆羅交惡，吐蕃腹背受敵，西夏早晚將吐蕃吞入囊中，到了那時，若是夏人南侵，我大宋當如何？依微臣看，泥婆羅王子立下這份國書，只是漫天要價；若繼續商議，或有迴旋的餘地。」

吳文彩的眼淚都快要出來了，身為主客郎中，此刻他的腦中無比的清明，小小的泥婆羅國，已不再是簡單的邦交問題，而是大宋數十年來捭闔縱橫的國策，一旦動搖，則數十年辛苦付諸東流。

他磕頭如搗蒜地繼續道：「西夏乃是我大宋心腹之患，其狼子野心昭然若揭，泥婆羅國何足掛齒，可是事關西夏，望陛下息怒。」

趙佶胸膛起伏不定，撐住御案，彷彿下一刻就要摔倒，一雙陰狠的眸子望向吳文彩，咬牙切齒地道：「君憂臣辱，君辱臣死，你們就是這樣替君分憂的？」

這句話誅心至極，吳文彩雙眸含淚，彷彿一下子變得老態龍鍾起來，不斷地磕頭道：「臣萬死難辭，萬死難辭……」

趙佶一屁股坐在御椅上，雙手緊緊攥著一枝朱筆，冷笑連連，那寬宏的作態消失的一乾二淨。身爲天子，他哪裡受過這樣的屈辱，若說面對的是遼人倒也罷了，可是一個彈丸小國，卻也敢如此囂張，是可忍，孰不可忍。

良久之後，趙佶的臉色總算恢復了些神采，他望了額頭已經磕出血的吳文彩一眼，卻是出奇地冷靜道：「罷了，吳愛卿，起來說話吧。」

楊戩連忙去攙扶吳文彩，此刻的吳文彩，那額頭上已滿是淤青，幾處傷口流出泊泊鮮血，誠惶誠恐地復又坐在錦墩上道：

「這份國書，我大宋斷不能接受，可也不能拒絕，當今之計，唯有一個拖字，只要泥婆羅王子滯留在汴京，微臣慢慢的和他談，總有一日能挽回一些餘地。」

趙佶恍然，心裏卻是在想：「就連沈傲都可以快意恩仇，朕身爲天子，卻處處都是掣肘，做人難，爲君更不易啊。」

他倒是隱隱期盼，自己此刻能化身成那個天不管地不理的沈瘋子，不計後果地去做自己想做的事。只是心裏存留的那點理智，卻讓他無奈地嘆了口氣，對著吳文彩道：

「吳愛卿所言甚是，斡旋的事，你們繼續進行吧，朕過幾日要舉行國宴招待泥婆羅王子，化外之民可以無禮，朕豈能做禽獸？朕有些乏了，你退下去吧。」

吳文彩連忙道：「微臣告退。」說著，小心翼翼的退了出去。

趙佶坐在御椅上，卻是直愣愣地發呆，那臉上的表情一下子殺機騰騰，一下子卻又增添了幾分蕭索，眼眸落寞極了。楊戩心中明白，此刻的官家不宜打擾，是以抿嘴不語。

過了半晌，趙佶突然抬眸，眸光落在楊戩身上，滿是傷感地道：「朕問你，若沈傲是朕，他會如何？」

楊戩一時愕然，連忙道：「官家何出此言，官家是天子至尊，受命於天……」

趙佶擺手：「你不必忌諱，直接說吧。」

楊戩咬著牙不說，這種話說出來就是大逆不道。今日官家不怪罪，誰能保證日後官家想起來了不責罰？伴君如伴虎，不該說的話，他是斷不會吐露半字的。

趙佶嘆了口氣，唏噓道：「沈傲連中旨都不怕，朕叫他往後不要胡鬧，他又開始出餿主意了。」趙佶指了指那周刊，苦笑道：「若他是朕，莫說是泥婆羅王子，就是遼國國主，只怕也不會有畏色吧。」

說罷，趙佶疲倦地縮在御椅上，眼睛半張半闔，似是要睡著了，卻突然道：「過幾日的國宴，叫沈傲也來赴宴吧。」

「是。」楊戩應了一聲。

沈傲出了酒肆，心情好極了，外頭的細雨逐漸停了，天空落下萬丈紅霞，連人的心境也隨著天穹處的耀眼光芒好轉起來，第一版周刊印了三千份。照這樣的趨勢，只怕全部售完不成問題，日後還可以追加刊印的數量。

除此之外，在打響了名頭之後，還可以拉攏些廣告商，七七八八算下來，一個月的盈利至少可以上千貫以上。

手裏頭有了錢，才可以去幹大事，沒有錢，一切都是空談，沈傲笑呵呵地騎上驢，那驢兒倒是乖巧，步伐穩健的帶著沈傲在城中閒逛。

正準備回祈國公府，不料一輛馬車迎面徐徐過來，沈傲認得，這是公府的馬車。馬車在沈傲旁邊停住，簾兒掀開，便看到周若的絕世容顏。

周若望著沈傲，似笑非笑地道：「表哥的事忙完了嗎？」

沈傲微微一笑，不過騎在驢上，似乎有點兒不太雅觀，笑道：「忙完了，不知表妹有什麼吩咐？」

周若俏臉上嫣然一紅，道：「誰要吩咐你，你若是有空，陪我去買幾匹布料吧。」

沈傲笑道：「我這驢子怎麼辦？驢是一頭好驢，總不能拋在路邊吧，表哥上了馬車，牠會不高興的。」

周若蹙眉道：「誰叫你上馬車，你騎著驢跟來即是。」

汗，還以爲來了豔遇，原來是空歡喜一場；不過，表妹的要求也不好拒絕，陪她逛逛街就逛逛吧，反正現在也無事。

隨著馬車走過了一條街巷，前面的馬車停下，沈傲下驢，看到這街面上卻是一間絲綢店，將驢子栓在路旁的樹椿上，陪著周若一道入內。

這絲綢店倒是裝飾得極爲雅致，各色絲綢絹布擺放整齊，供人挑選，掌櫃見來了客人，頓時笑臉迎人地道：「周小姐，您又來了，恰好本店剛從蘇州進來的新貨，請周小姐過目。」

他返身從貨架上拿出一匹絹布來，放置在櫃檯上，笑呵呵地道：「這是最上等的橫羅絲綢，花色也是最新的……」

這掌櫃很會做生意，周若想必又是熟客，因而熱絡極了。

周若摸了摸那絲綢，臉上浮出滿意之色，問了價錢，掌櫃笑道：「這種絲綢價錢略貴了一些，七貫一匹，周小姐以爲如何？」

沈傲在一旁心裏冷笑，七貫一匹的絲綢，掌櫃真的夠心黑啊，這樣的價錢，就是買兩匹上好絲綢也足夠了；不過這種事，他卻並不插嘴，一個願宰一個願挨的事有什麼好說的，表妹又不差錢。

會了帳，二人正要出店，卻看到店外竟是佈滿了禁衛、差役，迎面兩個人並肩過來，其中一個儒生見到了沈傲，眼眸閃過一絲驚喜，道：

「沈兄，哈哈……好久不見，近來可好？」

來人恰是吳筆，吳筆今日精神奕奕，見了沈傲，自然掩飾不住欣喜，只是沒多久恍然想起身邊的人，眼中的欣喜之色一下子消失不見，一絲黯然之色一閃而過。

沈傲哈哈一笑，道：「老吳怎麼也逛綢緞店，莫非有了紅顏知己嗎？」

吳筆訕訕道：「沈兄不要說笑，我是陪蘇爾亞殿下前來閒逛的，殿下久居南國，對絲綢之物很是好奇，是以想來看看。」

沈傲目光一轉，卻是看清了吳筆身側的「殿下」。

這「殿下」年逾三十，皮膚黝黑半暗，鼻梁低矮，嘴唇略厚，唯有那一雙眸子，卻是顯得咄咄逼人，又有一種深不見底、難以琢磨之感。

他頭頂著綸巾，也是穿著儒衫，想來是入鄉隨俗，可是這些漢服穿在他的身上，卻顯得不倫不類極了。

他的一雙眸子先與沈傲的目光一錯，最後卻是落在了周若身上，閃露著毫不掩飾的欣賞。

周若被這「殿下」看著，頓時頗有些不自然了。鼻翼輕微地翕動著，突起的胸脯一起一伏，臉色嫣紅，卻是不自覺的向沈傲的身前貼近，尋求沈傲的保護。

沈傲冷冷一笑，不屑地望了那「殿下」一眼，專注地對吳筆道：「吳兄既然是在代父公幹，在下就不打擾了。」拱了拱手，難得地享受著表妹貼身而來的感覺，那種如受驚小鹿的羞澀和畏色，卻是沈傲從所未見的。

這「殿下」直勾勾地打量著周若，微微一笑道：「小姐，你好，我叫蘇爾亞……」

他話音未落，周若已一下子躲在了沈傲身後。

沈傲冷笑地望著這什麼蘇爾亞，道：「我表妹很不好。」

「這又是為什麼？」蘇爾亞見沈傲不懷好意，眼眸中閃過一絲冷色，卻是不徐不疾，倒是並沒有發怒。

沈傲哂然一笑：「誰若見了殿下，又好得到哪兒去。讓開，我們要回府了。」沈傲牽住表妹的手，表妹的手有些冰冷，慨然道：「表妹，走吧。」

這個蘇爾亞王子，沈傲在從前曾聽吳筆說過，只不過他才不管什麼外交事務，泥婆羅什麼的關他個屁事，這南亞猴子居然這樣看表妹，真是癩蛤蟆想吃天鵝肉，表哥近水樓臺都還沒得手呢。

帶著表妹上了馬車，連驢子都不顧了，沈傲也一併進去，大咧咧地掀開車簾對吳筆道：「吳兄，後會有期。」

吳筆略顯尷尬地道：「沈兄好走。」

他瞥了一眼蘇爾亞殿下一眼，卻見他灰黯的膚色上顯出青白之色，雙眉緊鎖，眼眸中閃露出沖天怒氣。

搖搖晃晃的馬車上，淡香撲鼻，挨著周若，沈傲有一種得逞的感覺，那溫熱的小手臂，因爲空間施展不開，不得不和沈傲挨著一起，此刻的周若雙睫微垂，一股女兒羞態，嬌豔無倫。

雖然表妹平日總喜歡冷著一張臉，終究還是個女人，方才一番驚心動魄，終是讓她顯出女兒姿態，原先那似笑非笑，與人始終保持距離的矜持，似被一下子撕破。

上了馬車，周若漸漸鎮定了下來，猶豫了一下，才對沈傲道：「你，不會笑話我吧，方才那個王子真是無禮極了，我心中害怕才那樣……」

沈傲從容一笑，道：「我笑話表妹做什麼，那個王子確實長得非人類了一點，莫說是你，就是表哥我見了他，心裏也發虛呢。」

他三言兩語就消除了周若的緊張，隨即又道：「我看那王子估計是看上表妹了，哎……看到這個王子，表哥突然感覺自己既溫文爾雅，又清新俊逸，哈哈，美如冠玉，翩翩少年，勝似潘安。」

一番大言不慚的話道出來，周若差點忍不住要翻白眼，不過唇邊禁不住地泛出一絲笑意，語調卻是帶著嗔怒道：「就你會胡說。」

沈傲不以爲然，繼續笑道：「表哥只是和這王子相比而已，不過，這王子若是提出和親，要表妹下嫁到他的泥婆羅國去，這可就不好玩了。據說大宋朝對這次合議十分看重……」

周若愣了一下，頓然色變：「不會吧？若是那樣，那該……怎麼辦？」

沈傲原只是嚇嚇她，可是想起方才那王子的眼神，彷彿魂兒都被周若勾走一樣，提出和親，還真不是空穴來風。

沈傲見周若的雙肩微微顫抖，便知道周若一定是想到這個可能性了，以她的聰慧，也絕不可能將此事當作玩笑，爲了不讓周若太過擔憂，沈傲故意地板著臉道：「表妹放心，表哥一定不會讓你去泥婆羅，和那些猴子同居的。」

接著，沈傲沉吟了片刻，看著周若的目光突然變得閃亮起來，意味深長地道：「山人倒是有一妙計，可以打消這王子的主意。」

周若知道沈傲智計百出，總能有些意想不到的點子，此時看著沈傲，便不由自主地多了幾分依賴，明明這個傢伙喜歡胡說八道，可是遇到了正事，還是靠得住的。

沈傲嘻嘻哈哈地笑著道：「不如表妹立即與表哥閃電完婚，今天夜裏就入洞房，到了那個時候，生米已成熟飯，我和表妹已是恩愛夫妻，那個王子就是臉皮再厚，也無計可施了。」

周若一聽他的主意，俏臉不禁嫣紅了起來，臉上顯出一絲不自然的表情，啐了一口道：「無恥之徒。」

沈傲很委屈地將身體往周若身上挪了挪，大義凜然地道：「表妹這話是說我嗎？不會吧，明明表哥是爲了表妹的幸福，委身下娶，將寶貴的貞操獻上，怎麼表妹反倒不識好歹了。」

他胡說八道了一陣，卻又突然正經起來：「方才我是故意想激怒這個王子的，他倒是表現得極爲克制，這個人看來並不簡單呢。」

周若微微一愣，在顛簸的馬車中，心神恍惚起來。

到了周府，便有門丁向沈傲道：「表少爺，宮裏來人了，要見表少爺。」

沈傲道：「他在哪裡？」

門丁回稟道：「安排在了正廳，就等表少爺過去。」

沈傲聽罷，只好先向周若告辭，心裏不由地想，莫不是那楊公公又來了吧？這楊公公很會做人，和他狼狽爲奸倒是很有意思。

等到了正廳，卻看到了個生臉的太監久候多時，見到沈傲來，頓時諂媚笑起來，碎步過來朝沈傲行禮，道：「沈公子，咱家叫王含，奉楊公公之命，請公子參加後日的國宴。」

「國宴？」沈傲一時愣了，驚訝地道：「什麼國宴？我只是個監生，去那種場合不太好吧，公公應該知道，我這個人一直都很低調的。」

說著，他鄭重地面東拱拱手：「況且官家發了旨意，教我閉門思過，要謹小慎微，像國宴這樣的場合，還是免了吧。而且大家都知道，我這個人很內向，見了生人就臉紅。請公公回去轉告楊公公，就說沈傲謝謝他的美意，無奈學生臉皮淺薄，見不得那種大場面。」

王含無語，他才說了一句話，沈傲就連珠炮似的放出一串話來，就這樣還內向？還臉紅？

王含笑著道：「沈公子，楊公公也只是傳話罷了，讓你參加國宴，其實是官家的意思，沈公子就是再抽不開身，無論如何也需走一趟的。」

沈傲聽罷，頓然滿臉敬仰之色，道：「噢，原來是官家要學生赴宴的，你為什麼不早說？官家日理萬機，殫精竭力，操勞國事，竟還能在百忙中抽出時間來過問學生，學生感激涕零，喜不自禁，彷彿滔天碧海望到海岸，孤雁大漠遭遇綠洲，又如甘泉入口滋潤心田，夜黑風高眺望星辰。不過，學生倒是想問問，大皇子舉辦鑑寶大會，為何大會的獎勵遲遲未到？公公莫怪，我絕沒有誹謗大皇子的意思，大皇子品行高尚，德配天地，孚尹明達，實乃我等楷模，可是是人都有忘事的時候，公公回去，能否向官家說一說，請官家過問一下，小小獎勵，對於官家和大皇子自然算不得什麼，所謂九牛一毛，不足掛齒，可是對學生，卻是很重要的。」

王含汗顏，這七拐八彎的，先從官家，之後說到大皇子，最後又說到鑑寶大會，這個沈公子一張嘴還真是厲害。

王含雖然如此想，卻是諂笑道：「是，是，奴才一定回稟楊公公，至於這國宴之事嘛……」

「去，當然要去，官家開了口，學生敢不去嗎？」沈傲慎重其事的樣子，然後繼續道：「有勞公公這麼遠來知會，公公先喝一口茶，我還要和你說說鑑寶大會的事，這件事說來話長，學生至今回想那大皇子的風采，仍是揮之不去，那一日……」

王含哪裡還敢喝他的茶，這小子是在給人挖坑呢，向大皇子要獎勵，還要咱家去說，咱家在宮裏連個屁都不是，敢向誰說去?!連忙道：

「咱家還有公務，下次再聆聽沈公子教誨。告辭，告辭，沈公子不必送，不必送了，來日方長嘛。」

沈傲還是將他送出了門外，在往回走的路上，心裏卻是在奇怪，國宴?哪門子的國宴？為什麼叫本公子參加？居然還是皇帝老兒親自開口的？莫不是鴻門宴吧？

隨即，沈傲卻是哂然一笑，鴻門宴未必，皇帝真要整他，還需要擺個鴻門宴嗎？捏捏手指頭就夠了。

第六七章
公子鬥王子

沈傲才懶得管他們，他只是個國子監監生，什麼外交和他沒關係，
別人不敢得罪這王子，沈傲怕什麼，皇帝老兒總不能說自己有辱國體吧，
只要皇帝不降罪，至於什麼狗屁王子，他根本不屑一顧。

接下來的這兩日，沈傲心無旁鶩，繼續研習經義文章；經義文章的技巧，還是在於勤練，不斷地做題，而後不斷地修正，現在恰好是放假，可以多和陳濟學習。光陰似箭，沈傲的時間耽擱不起。

在這個萬般皆下品，唯有讀書高的年代，靠小聰明永遠只是點綴，若是想改變自己的命運，仍然只有科舉一途。

陳濟這一次出的題目是《女與回也孰愈》，這句話摘自論語，原話是：子謂子貢曰：「女與回也孰愈？」對曰：「賜也何敢望回？回也聞一以知十，賜也聞一以知二。」子曰：「弗如也，吾與女弗如也。」

意思是孔子對子貢說：「你和顏回比，誰好些？」子貢說：「我怎能和他比？他能聞一知十，我只能聞一知二。」孔子說：「是不如，我和你都不如顏回啊。」

一句很簡單的話，卻要圍繞這句話作出一篇文章，說出一番大道理出來，還要講究格式，填充辭藻，其難度可想而知。這一道題目，比之沈傲中試所作的經義文章顯然要難了幾分，中試時的題目尚且還有主旨，可是這個試題，卻是模稜兩可，讓人抓不住關鍵點。

沈傲對著題目想了幾個時辰，才咬著筆桿子尋到了個開題，下筆寫的是：以孰愈問賢者，欲其自省也。夫子貢與顏淵，果孰俞耶，夫子豈不知之？乃以問之子貢，非欲其自省乎？

沈傲從題中抓住的重點是「孰愈」、「自省」兩個關鍵點。前者是題中的實詞，後者是朱注的意思，即「觀其自知之如何」？「孰愈」是比較子貢與顏淵，「自省」是啓發子貢的認識，爲什麼要啓發他等。

有了這個破題，便可以從這裏展開議論，也就是說，承題時抓住如何學習，如何啓發就可以了。

這個破題雖然俗套，卻也不會失分，算是中規中矩，至於後面的承題、起講、領題、出題、過接、收結就相較而言簡單多了，有了開頭，之後的文章只需按著這個主旨不斷的填充即可。

等這篇經義寫完，沈傲發現，天竟是亮了，一篇經義文章，竟是琢磨了一個通宵，在渾然忘我的情況之下，沈傲既是疲倦，又顯得有些興奮。每一點的進步都讓他有一種充實感，而這篇經義文章幾乎發揮了他最好的水準，相較於這種難題來說，若是換作一個月前，他只有兩眼一抹黑的份，可是有了陳濟的指點，不但思路開闊，而且做起文章來逐漸有了自己的風格，所謂熟能生巧，再加上陳濟這個名師，這樣的進步只能用神速來形容。

沈傲吹乾了墨跡，卻一點也不覺得困頓，興沖沖地將文章折起，便直往陳濟的住處了。

如今他與陳濟熟識，那芸奴也和他熟了，不再板著個臉，更不再攔他，見了沈傲只是頷首一笑，便安靜地去做雜活了。

陳濟顯是剛剛醒來，見沈傲匆匆前來拜訪，頓時打起精神，那臉色雖仍帶有倨傲之色，卻也溫和多了，伸手道：「莫非那文章已經作出來了？」

沈傲連忙道：「作出來了，老師請看。」

沈傲說罷，拿出文章，攤在陳濟身前，陳濟頷首點頭，目露欣賞之色，沈傲這個學生很不錯，肯用功，資質也是極好的，這個難題，還是陳濟花費了不少時日苦思出來的，沈傲能一夜將文章作出，已是相當了不起了。

垂頭去看沈傲的答卷，陳濟咦了一聲，道：「你能以熟愈、自省破題，倒也中規中矩，若是老夫，則寧願選擇以一知二，以一知十開題。」

沈傲眼眸一亮，以一知二，以一知十，他不是沒有想過，可是破題太難，最後選擇了放棄，莫非陳老師又有什麼新奇的思維，便道：「只是這樣開題，承題時只怕不容易。」

陳濟搖頭：「子曰：『吾有知乎哉？無知也。』重在這個『知』字，何以有人能以一知十，而有人卻只能以一知二，承題若以這裏展開，豈不是更能讓人眼前一亮？又可免入俗套。」

經由陳濟一提醒，沈傲頓時明白了，喜道：「老師這樣一說，學生倒是豁然開朗了，有了這個知字，反而破題更容易了，哎，學生想了一夜，竟是沒有想到。」

陳濟正色道：「你日夜作題，雖然進步很大，可是讀書卻不能死讀，需用心去體會，如此，思維才不致凝固，好好體會吧。」

沈傲點頭。陳濟繼續去看文章，隨後又指出幾個不足，訓斥道：「這篇文章本是不錯，可是在科舉之中，卻最多只能列入三等，尤其是承題的幾處錯漏，致使過接時過於生硬，哎，拿回去，重新寫過吧。」

沈傲無語，心裏有些失望，只好訕訕地收起自己答卷，道：「那過幾日學生再來交題。明日國宴在即，學生要去赴宴，只怕不能來了。」

陳濟聽罷，凝眉道：「國宴？你只是一個學生，不用心苦讀，去參加國宴做什麼？」

沈傲苦笑道：「這是官家的意思，學生也是無可奈何。」

陳濟突然唏噓起來，似是想起了一些往事，隨即微微地搖了搖頭，苦笑道：「伴君如伴虎，但願你能記住這個道理，回去吧。」

一大清早，又見天空雪花飛揚，那雪花起先還只是零零落落，小小的，又輕又柔，彷彿那白鶴輕輕抖動展翅，一片片絨毛飄飄悠悠地落至屋瓦、長街。接著，小雪花慢慢變大，變厚了，變得密密麻麻。

雪越下越大了，一團團，一簇簇，彷彿無數扯碎了的棉絮從天空翻滾而下；整個汴京，頓時被這雪白包裹，晶瑩剔透，美不勝收。待到雪停，金色的陽光普照在雪地上，映出一道道七彩的光芒。路旁的樹上掛滿了透明的「銀條兒」。

沈傲所坐的馬車在雪地轉動著車輪，留下兩道深可見底的車痕，望著窗外的雪景，沈傲的眼眸惺忪，顯然是睡意未過。

國宴是在宮中舉行，馬車停到開儀門，沈傲踩雪下車，向禁衛報了姓名，又送上請柬，禁衛搜查了沈傲一番，這才請他入內。

過了開儀門，眼前豁然開朗，遠遠望去，那一座座深紅的宮殿像嵌在雪地上一樣；坐落在花團叢影的閣樓宮院，露出一個個琉璃瓦頂，恰似一座金色的島嶼。

由內侍引著，轉眼便到了華清宮，華清宮那華麗的樓閣被華清池池水環繞，浮萍滿地，碧綠而明淨；那飛簷上的兩條龍，金鱗金甲，活靈活現，似欲騰空飛去。

此時，宴會還未開始，可是赴宴之人卻已不少了，來客大多是一些禮部官員，還有諸殿學士，以及一些負責外事的官員，據說連吐蕃國的使者也受了邀請，除此之外，還有諸位皇子，和不少親王、郡王。

沈傲入殿，殿中的百張桌案分列兩側，遙遙相對，正中則是鋪了紅毯的過道，香爐生煙，溫暖極了。

落座的賓客不少，沈傲由內侍引著，尋了一個几案跪地坐下，在他身側的，則是一個如沐春風的中年官員。

時候還早，非但是官家和皇子，就連各國的使節都尚未赴會，沈傲與鄰座的官員寒暄起來，才得知此人是逑古殿直學士邊讓，逑古殿直學士是樞密直學士，直到今年才改了官職名，與明殿學士並掌待從，備顧問應對，地位次於翰林學士。

這個官兒不小，至少算是省部級的高級幹部了，沈傲也報上了自己的姓名。邊讓聽罷，隨即顯出一絲訝然，而後卻是冷笑道：

「你便是沈傲？哼，放蕩不羈，恃才傲物，不過如此。」

靠，什麼玩意，沈傲白了他一眼，頓時頗覺得尷尬，這人太不文明了，居然還是學士。

恰在這個時候，對面一個桌案卻有人朝沈傲招手：「原來是沈公子，來，來，到這裏來坐。」

沈傲換了個位置坐下，與這臉上帶笑的人互報了姓名，這人眼眸中掩飾不住欣賞之色，笑著道：「聞名已久，今日一見，沈公子果然與人不同。老夫常洛，乃是觀文殿學士。」

沈傲心裏頗覺得奇怪，這反差也太大了，笑呵呵的說了一聲久仰。

常洛便道：「老夫也曾是國子監出身，呵呵，倚老賣老的說，還算是你的師長呢，那邊讓邊大人，你也不必理會他。」低聲道：「此人脾氣古怪，七年前，曾任太學博士。」

沈傲明白了，原來又是國子監和太學之爭。不，更確切的說，國子監和太學只是朝廷之內兩黨之爭的延續，哂然一笑，便與常洛閒扯起來。

過不多時，便有不少外使進殿，常洛給沈傲指點道：「那人乃是大理國使節，那位想必沈公子也認識，是禮部侍郎朱大人。哎，也不知泥婆羅國王子什麼時候到，按常理，也該來了。」

沈傲心念一動，不由地道：「泥婆羅王子也會來？」

常洛捋鬚笑道：「這一次國宴，本就是爲宴請泥婆羅王子而備的，我等皆是作陪，沈公子難道不知道？」

沈傲還真是不知道，卻是笑得很燦爛，道：「學生哪裡會不知，只是隨口一問罷了。」

雖是如此說，卻在心裏暗暗罵著，赴宴就赴宴，通知的時候也不說個清楚，那個泥婆羅王子，老子見了他就生氣，早知就不來了。

轉眼工夫，賓客便來了個七八成，就是那穿著三角形大翻領白色大袍的吐蕃使節也來了，那使節左右張望，似在尋覓泥婆羅王子的蹤跡，半晌後，臉上露出失望之色，臉色陰鬱地帶著從人尋了個位置坐下。

不多久，鼓聲傳出，連接三通鼓畢，便有內侍高聲唱喏道：「皇上駕到，諸卿免禮。」

人還沒到，還要先通知一聲，通知之前，禮還沒有行，就說免禮；沈傲覺得這大宋朝的規矩有那麼一點點的怪異。

過不多時，有一支隊伍迤邐自後殿進來，當先一人氣度如虹，頭戴通天冠，穿著大紅冕服，在皇子和內侍的簇擁下步上御案之後。

沈傲朝那皇帝去看，御案前的輕紗帷幔之後，那通天冠前垂著數串珠簾，皇帝的氣息帶著一種莊肅，卻又看不清面貌，令人不由地生出一股神秘感。

裝神弄鬼，沈傲心裏腹誹一番。

不過，殿中的氣氛頗有些怪異，皇帝來了，方才那喜氣洋洋的氣氛卻一下子戛然而止，沈傲起先還以為是皇帝駕臨，大臣們生出畏懼之心；可是很快，他才知道錯了，不止是畏懼這麼簡單，而是一種尷尬，一種上至皇子，下至朝臣的普遍尷尬之感。

沈傲發現，皇帝已經來了，可是泥婆羅王子卻仍沒有來，這……

見過狂的，沒有見過這麼狂的，沈傲不知道此時皇帝的心情如此複雜，想必龍顏大怒只怕是少不得了。

偏偏那通天冠的珠簾之後的臉色卻是不可捉摸，看不出喜怒。

一旁的常洛低聲道：「這個王子，實在太大膽了，陛下設宴，鑾駕都已到了，竟還不見他來，哎，為何事先無人去催促。」

沈傲想了想，低聲道：「大人，這種事若是催促就不好了，咱們繼續等吧。」

常洛頷首點頭，忍不住又道：「此人狂傲之極，若是陛下震怒，看他又能笑到幾時，哼，夜郎之國竟不知有漢，真是萬死。」

沈傲冷笑一聲，道：「大人只怕要料差了，那王子姍姍未來，絕不是因為什麼事耽擱，而是故意的。」

常洛頓時也捕捉到了些什麼，臉色微微有些不好，道：「你是說，這王子本就是要給陛下難堪？他就不怕陛下降罪嗎？」

沈傲輕輕地搖了搖頭，道：「這個王子不簡單呢，又豈能猜不出陛下絕對會忍氣吞聲，他在汴京城的所作所為，哪一樣不在觸犯陛下的底線，按理，泥婆羅是來修好稱臣的，可是大人見過這樣稱臣的使節嗎？」

常洛愣了一下，接著露出一副若有所思的樣子，便不再言語了。

殿中落針可聞，只有偶爾的咳嗽聲，那御案之後的皇帝卻是屹然不動的跪坐於地，卻也是靜謐極了，彷彿眼前的事都與他並不相干。

只是越是如此，殿中的壓抑之氣卻是更重，所有人都垂下頭，屏住呼吸。

唯有沈傲，卻是左右張望，不以爲意。

過了許久，鼓聲又起，卻是申時到了，前來赴宴之人都是留著肚子來的，現在已到了下午，卻還沒有開飯的跡象，在座之人一個個難受極了，餓腸轆轆的繼續煎熬。不少人在心中將那泥婆羅王子罵了個祖宗十八代。

就是沈傲，此刻也差點要忍不住了，豈有此理，是可忍，孰不可忍啊。皇帝忍得住，他沈傲可忍不住，耽誤了本公子的飯點，會導致胃部不適；胃部不適，容易引起慢性胃炎，尤其是本公子還處在第二次發育的節骨眼上，這個泥婆羅王子，實在太混賬了。

殿中卻是繼續沉寂，彷彿所有人都與即將到來的宴會無關，一些老臣，甚至乾脆將跪坐改爲盤膝，眼觀鼻鼻觀心入定去了。

足足一個時辰，官家沒有說話，也沒有發出任何聲音，一如既往的沉默著，誰也看不清那珠簾之後的表情。

恰在這個時候，終於有內侍碎步進殿，聲音帶著驚喜地道：「泥婆羅王子殿下到。」

腳步驟近，只見泥婆羅王子帶著兩個隨人慨然入殿，那黝黑的臉龐上卻是掛著一副從容自若的笑容。進殿之後，朝御案之後的皇帝行了個禮，道：

「小王久居南方，從未見過雪景，今日汴京下雪，令小王大開眼界。誰知卻流連忘返，耽誤了陛下的酒宴，實在該死。」

這一番話半生半硬，他的漢話倒也不錯，不過用一種古怪的口音說出來，聽在耳中卻很是不爽。

不過，沒有人去糾結他的口音，更多的人聽到這番話之後，卻是臉色驟變，只爲了欣賞雪景，便敢放官家鴿子，這不是在請罪，反而像是在挑釁了。

好大的膽子，大宋皇帝親自設宴，他竟敢等閒視之，這樣的人，不但膽子夠大，其心機只怕也夠深，沈傲此刻對這黑不溜秋的王子，倒是心裏生出些許佩服了。

御案之後的趙佶，那冕珠之後的臉卻只是顯出似笑非笑之色，一雙眼眸透過冕珠射向泥婆羅王子，最後目光一轉，又落在殿中的一處角落。

角落裏，沈傲撐著腦袋，對殿中的情形充耳不聞，對眼前的事務漠不關心，有一種說不出的恬然氣質。

趙佶微微一笑，沒有動怒，從容不迫地道：「汴京的雪景確實不多見，貴國生僻，更該好好看看大宋的江山美景，才能不虛此行。」

這話的言外之意似是在說泥婆羅是邊陲小國，沒見過世面是常理，趙佶並不怪罪。以趙佶的性子，再加上泥婆羅國對於國策的重要，這種綿裏藏針的話自是不會出口的，來者是客，豈可怠慢之？不過，這泥婆羅國王子輕慢在先，反唇相譏一句已是很客氣了。

王子似是不以爲然，笑得更是詭異，連忙道：「陛下說得沒錯，大宋的江山美景令人目不暇接，小王置身其境，見大宋富饒至此，心中感佩不已。」

他頓了一下，又繼續道：「泥婆羅既小又窮，若能沾染大宋恩澤雨露，則泥婆羅國上下都感念陛下恩德，願世世代代臣服天朝，永不違誓。」

靠，太無恥了，見過不要臉的，卻沒有見過這麼不要臉的！這大殿上無數輕蔑的目光落在那王子身上，尤其是沈傲，一下子被王子的王八之氣吸引，爲他的風采所懾服。

王子的話就好像是沈傲跑到皇帝那裏去說，皇帝老子啊，你家真是太富了，陛下能不能每年送點金銀珠寶、糧食古玩什麼的給學生，權當濟貧？只要皇上送了，學生就世世代代認你做老大，好不好？

這種話，就算是沈傲這麼臉皮厚的，也是絕對說不出口的，要錢不要臉，有必要這樣嗎？只是這王子卻不以爲然，似還有幾分自得之意，顯然對自己的漢話十分滿意，得意非凡。

趙佶微不可聞的冷哼一聲，張口欲言，不料那王子呵呵一笑，繼續道：「陛下宴請小王，小王感激不盡，在小王的家鄉，有一種只有南方才有的瓜果，因而特意帶來，請陛下和諸位大人品嘗。」

對方既是送了禮物，趙佶倒是不再計較王子方才的囂張了，微笑道：「噢？朕最愛珍奇之物，愛卿獻來看看。」

那王子身後一個漆黑的壯漢便引著幾個內侍出去，過不多時，又領著一連串的內侍端著覆蓋著紅綢的托盤小心翼翼進來，先是有人送上御案，隨即便在每個桌案上放置一個。

掀開紅綢，眾人一看，竟是個三四個拳頭大小的大圓果子，呈黃綠色，竟還真是一件稀奇之物，從所未見。

趙佶好奇地將那圓果撿起，認真地打量了片刻，道：「只是不知這是什麼瓜果？」

泥婆羅國的蘇爾亞王子道：「敝國稱它爲石果，其汁肉十分鮮美，請陛下和諸位大人品嘗。」

趙佶點點頭：「石果，這名字倒是古怪。」

只不過很快，他的臉色頓然變了。

說了這麼多，這個王子卻一直沒有說這石果該如何個吃法，看他的模樣，只怕也不會說。這石果的外殼確實比石頭更加堅硬，若是置於口中，只怕連牙齒都要咬斷不可。原來這蘇爾亞王子是不安好心啊，存心要皇帝當他的面出醜了。

趙佶眼眸中閃過一絲厲色，卻不得不保持一副氣定神閒的模樣，手捋著長鬚，默不作聲。

殿下的群臣也猜透了王子的意圖，心中又怒又急，官家若是被這王子羞辱，必然龍顏大怒。君憂臣辱，眼下當務之急，是必須尋出品嘗這石果的辦法出來，只要有人先吃了，官家便可有樣學樣，消弭這場尷尬。

於是，有的大臣不顧體面去用牙咬的，有雙手將石果放置在手中用力掰動的，還有內侍拿來了小匕首，往那石果身上切割的，手段各異，可是無論使用什麼方法，不管是牙咬，是掰動，還是切割，那石果卻巍然不動。

反倒是賓客們滑稽狼狽的模樣，引得蘇爾亞王子身後的兩個從人哈哈大笑起來，笑聲肆無忌憚中隱含著不屑。

趙佶臉色鐵青下來，身側的楊戩低聲道：「官家……是否叫奴才下去問一問泥婆羅王子，這石果的食用方法？」

趙佶卻是巍然不動，眼眸落在那石果上，一個小小的石果，卻令整個朝廷顏面大失，這要是傳出去，天子的威嚴何在？朝廷的威嚴何在？

他的眼眸變得不可捉摸起來，強壓住心頭的火氣，低聲對楊戩道：「不許問，朕就不信我堂堂天朝上國，竟連小小石果都對付不了。」

楊戩默然，退至一邊。他對官家太瞭解了，官家的脾氣若是倔強起來，十頭牛都拉不住，這一次官家動了真怒，非要和王子爭個高低不可。

官家和王子的奏對，雖然一直在和諧進行，可是在暗地裏，卻隱含著不知多少勾心鬥角。

下頭的群臣，紛紛使出渾身解數，竟仍不得其法。蘇爾亞王子站在殿中，從容佇立，臉上帶著若有若無的笑容，好整以暇地看著這場他自導自演的好戲，一雙眸子漆黑如墨，閃動著輕蔑之色。

只是誰也沒有聽到蘇爾亞王子心底那帶著嘲弄諷刺的話：「天朝上國又如何？本王子略施小計，便教他們狼狽不堪，哈哈，天朝上國也不過如此。」

殿外飄蕩著鵝毛大雪，殿中香爐冉冉，許多人的額頭上已滲出冷汗，面對這堅硬如石的石果，竟是毫無辦法。

這個時候，只見一個人大笑起來：「椰子豈是這樣吃的？只有蠻夷才只抱著一顆椰子張嘴便吃，來人，去幫我尋根葦杆和一些冰塊來。」

趙佶被這聲音驚動，抬眸一看，透過冕珠卻也將說話之人看了個清晰，趙佶隨即大喜，這個在殿中大呼小叫的人不是沈傲是誰？

只見沈傲哈欠連連，很是慵懶地冷笑道：「還不快去。」

話音剛落，終於有內侍回過神來，片刻功夫，便立即飛也似的去了。

沈傲趴在案上，心裏卻是在笑，這個王子真好笑，居然拿個椰子來糊弄人，還說什麼石果。不過，這滿殿的大臣也實在有點不爭氣，這椰子在海南島也有，沒錯，現在應該叫瓊州府，明明那裏是出產椰子的，偏偏滿殿的大臣竟連這椰子都未曾見過。

只是隨即一想，便明白了，在座的都是京官，大門不出，二門不邁，而瓊州又是邊陲孤島，說得不好聽點，只有犯了事的官員貶謫或流放才送到那裏去的，讓他們知道什麼叫椰子，得先犯點事才行。

沈傲微微一笑，眼見那蘇爾亞王子冷眼望向自己，便氣不打一處來，看什麼看？沒見過帥哥啊？冷笑一聲道：

「哎，這明明是瓊州的椰果，怎麼到了泥婆羅，卻取了個石果這樣沒有品味的名字？名字粗俗倒也罷了，王子殿下既然進獻椰果給陛下食用，卻又爲何不備餐具？莫非貴國食用椰果時只是用手嗎？啊呀，罪過，罪過，學生有句話如鯁在喉，不得不說，一說，卻又難免要得罪國際友人；若是不說，卻又難免不顯真誠。好吧，既然諸位大人如此抬愛，紛紛給予學生鼓勵的目光，那麼學生就放膽一言了。泥婆羅國這樣食用椰果的方法，實在是野蠻之極，哎，野蠻也沒什麼不好，昔有匈奴人茹毛飲血，今有泥婆羅國王子教唆人用手吃椰果，噢，對了，不知泥婆羅國在哪裡？學生好歹也算是天文地理無一不知的飽學人士，聽說過于闐國、回鶻國、黑汗諸部，卻從未聽說泥婆羅這三個字，真是奇哉，怪哉。」

這一番話道出來，真是讓人痛快極了，沈傲一口氣說出了殿中之人想說卻不敢說的話，雖然放肆，卻深得人心。

先是將泥婆羅與突厥類比，突厥是什麼？但凡對漢史有些許瞭解的，都知道突厥是蠻夷，是禽獸之國，是未開化且被漢軍追打千里的野蠻人。言外之意，不就是說泥婆羅國與突厥一樣是化外之民，狄夷之國嗎？

再後來，沈傲更是說出不少小國出來，卻獨獨未聽說過泥婆羅，這意思很明顯，不啻是對泥婆羅的輕蔑。

偏偏沈傲雖然滿口惡毒之詞，卻是裝作一副很真摯的樣子，看不出任何故意輕視之心，彷彿他現在正在和人進行學術討論，至於侮辱什麼的，哇，這是什麼話，簡直就是赤裸裸的污蔑，是誹謗沈大才子的人品。

帷幔之後的趙佶，頓時忍俊不禁，這個沈傲，既詼諧有趣，又替他解了圍，更是一句話將趙佶方才的陰鬱之氣一掃而空，痛快，痛快！他撫著御案，努力憋住，使自己千萬莫要笑出來。

蘇爾亞王子眼中冒火，勉強壓住怒意，作出一副哂然的樣子，道：「公子如此說，想必也是見多識廣之人了，那麼不妨請公子食用吧。」

沈傲笑道：「當然要吃，不過，大宋有大宋的吃法，比不得蠻夷，吃椰果，也是有講究的。」

恰在這個時候，內侍尋來了一盆冰塊和一根葦杆，小心翼翼地捧至沈傲案前。

沈傲將椰果放入銅盆，卻是不疾不徐地道：「椰果的肉汁，若是冰鎮是最可口的，只可惜天公不美，此刻天寒地凍的，只需冰鎮一刻，便可食用了。」

他好整以暇的在眾目睽睽之下稍等片刻，隨即從銅盆中取出椰果，手指在椰果上摸索片刻，微微一笑，輕輕一按，椰果便陡然露出一個洞來，將葦杆探入洞中，輕輕一吸，那椰果的汁水入口，帶來一股濃濃的清涼和椰子的清香。

眾人看得呆了。怪哉，真怪哉，這椰果明明刀槍不入，眾人使了許多辦法都不能將它打開，爲何沈傲輕輕一按，反而輕易將它打開了？

在座的大臣，之前有表現出一副雲淡風輕的模樣高坐的，也有眼見官家受辱，有辱斯文狼狽不堪的。此時見狀，紛紛有樣學樣，手指在椰果上撫摸，細細觸摸之下，果然發現有幾個薄弱處，於是用拇指重重一按，那椰果便破出一個洞來。

內侍們紛紛送上葦杆，殿中之人將葦杆探入，輕輕吸吮，說不出的高雅、自然。

趙佶大喜，嘗了口椰汁，笑著對蘇爾亞王子道：「愛卿，這石果……不，椰果果然別有一番風味，請愛卿入座吧。」

蘇爾亞王子微微一笑，眼眸落在沈傲不遠處的一個酒案上，施施然過去盤膝坐下，他的兩個扈從則乖乖地分列在他的身後，兩對眼眸落在沈傲身上，閃露出憎恨之色。

沈傲才懶得管他們，他只是個國子監監生，什麼外交和他沒關係，別人不敢得罪這王子，沈傲怕什麼，皇帝老兒總不能說自己有辱國體吧，只要皇帝不降罪，至於什麼狗屁王子，他根本不屑一顧。

這種大山深處的王子多的去了，別人稀罕，沈傲卻知道，這個時代的南疆，小國林立，王子比狗還多，誰怕誰來著？

第六八章
帝王心術

沉默片刻，趙佶卻又釋然了，沈傲不過是個讀書人而已，又不是官員，更代表不了朝廷，一個大宋子民與泥婆羅國使節說些不該說的話，亦無不可，和他一點干係都沒有；這沈傲要胡鬧，就任他鬧去吧。

喝了幾口椰汁，沈傲皺眉，便不再吃了，大冬天的，這群混賬請人吃椰汁，這個主意也太有創意了。

酒宴正式開始，樂聲驟然響起，方才的尷尬似乎一下子轉變成其樂融融的景象，就是那蘇爾亞王子亦是笑吟吟的，舉杯先是恭祝皇帝千秋，其後，斟滿了一杯酒，走至沈傲的案前，深望沈傲一眼，便笑臉迎人的道：

「沈兄，你我似有一面之緣，是嗎？」

沈傲呵呵一笑，道：「若是我猜得沒有錯，學生好像確實是在一家絲綢店見過殿下。」

蘇爾亞王子熱絡地道：「原來如此，怪不得小王覺得沈兄似曾相識，來，小王先乾爲敬。」

說罷，蘇爾亞王子果真將杯中之酒一口喝乾，一雙漆黑的眸子直勾勾地看著沈傲。

沈傲哂然一笑，也是舉杯喝盡。

蘇爾亞王子又道：「沈兄的智慧令小王佩服，酒量也是極好，哈哈，比之泥婆羅的勇士們不遑多讓，小王對沈兄，實在佩服，佩服。」

他如沐春風地顯得很真摯，若是外人看了，不知道的，還以爲這二人是忘年好友，今日在這裏重聚呢。

蘇爾亞王子身後的一人突然抱著手上前，嘴邊帶著幾分冷笑，嘰哩咕嚕地對蘇爾亞王子說了幾句番邦話。

沈傲望著跟蘇爾亞王子說悄悄話的這人，見此人身材乾瘦，也是面色黝黑，那雙翻起的嘴唇，對著沈傲卻是一副不屑之色，便微微一笑道：

「王子殿下，不知你這侍從說的是什麼？」

蘇爾亞王子顯得一副很尷尬的樣子道：「我這侍從只是胡說八道，沈兄不要見怪。」

今日蘇爾亞王子是酒宴的主角，自然引起不少人的關注，見他在沈傲這邊駐留，因此不少人也留心起來。

沈傲從容不迫地繼續道：「學生最喜歡聽人胡說八道了，王子殿下何不爲學生翻譯一二。」

話音剛落，蘇爾亞的扈從又是一陣嘰哩呱啦，彷彿在與人爭吵一般。

蘇爾亞王子顯得很爲難地看著沈傲道：

「沈兄，我的這個僕人名叫克哈，他方才說，宋人織布還是尙可的，不過若說到喝酒，卻及不上泥婆羅的漢子了。沈兄莫怪，他是無心之言，只是性子魯直了一些。」

莫怪？這擺明是來挑釁的。十有八九還是這個王子授意，虧得這蘇爾亞王子還作出一副和事佬的樣子，須知這樣的虛情假意，任人都能看明白。

這種事只是心照不宣，至少雙方在面子上仍然還是維持著友誼的。

沈傲哂然一笑，道：「咦？泥婆羅人也愛喝酒嗎？好極，好極。只是論及喝酒，宋人別說是泥婆羅人，就是什麼突厥人，什麼匈奴人，什麼烏丸人，都是比不過的。」

這番話說出來，殿中頓時傳出竊笑，沈傲這傢伙真是太壞了，拐彎抹角地總是將泥婆羅人和突厥、匈奴這些公認的蠻夷聯繫在一起。那泥婆羅王子幾次要出拳，可是奮力一擊下去，卻彷彿是搥在了棉花上，不得力，收不回來。

只是仍有不少大臣正襟危坐，頓覺有些不妥，堂堂天朝講的是一個禮字，蘇爾亞王子遠來是客，身爲上國，自該以禮待之，賓客無禮，主人就該爭鋒相對嗎？如此一來，大宋與禽獸又有何異？沈傲這個人，要的只是小聰明，兩國邦交靠的卻是大智慧，這豈是一個監生能參透的？

至於趙佶，此刻的心情自是複雜極了，沈傲與王子爭鋒相對，令他看得痛快，從本心上感到一種愉悅，可是在理智上，他卻明白，這樣做並不符合禮儀，就算泥婆羅人失禮在先，大宋又豈能隨之起舞。

沉默片刻，趙佶卻又釋然了，沈傲的身分是什麼？不過是個讀書人而已，又不是官員，更代表不了朝廷，一個大宋子民與泥婆羅國使節說些不該說的話，亦無不可，又沒有代表朝廷的態度，和他一點干係都沒有；這沈傲要胡鬧，就任他鬧去吧。

打定主意，冕珠之後的臉上，卻是顯出些許忍俊不禁。

沈傲方才那一番話，自是令泥婆羅王子臉色一窘，好在他的臉黑，不細看也看不出失態，深望沈傲一眼，卻覺得眼前這人像個刺蝟，油鹽不進，一時也拿他沒有辦法，而且這人口無遮攔，指東說西，誰知道下一刻他又說出什麼來。

這蘇爾亞王子之所以屢屢在汴京佔據上風，皆是因爲與他相處的官員唯唯諾諾，生怕因爲言語上觸怒了兩國的邦交，因而蘇爾亞進一步，他們便退一寸，蘇爾亞進一尺，他們便退一丈，如今遇到了沈傲這個專靠耍嘴皮子的傢伙，蘇爾亞也理智地暫時不繼續跟沈傲糾纏了，想著便回到座位上去，再不和沈傲說話了。

酒酣耳熱之際，宴會逐漸推向高潮，教坊司的官妓也紛紛入殿，曼舞輕歌，熱鬧極了。尤其是一名官妓，唱的竟是沈傲上次教蓁蓁的那首明曲，眾人一時拋開爭鬥，專注的去欣賞這美妙動聽的歌喉。

帶著幾分醉意，氣氛也逐漸融洽，待那些官妓們退避，吐蕃使節端著一杯酒，在眾人注目下，徐徐走到蘇爾亞王子的桌前，用夾生的漢話道：

「王子殿下，達拉吉仰慕已久，今日我代表吐蕃諸部的首領，敬你一杯，願吐蕃與泥婆羅世代友好，共禦強敵。」

泥婆羅在三十年前，還是吐蕃的藩國，被吐蕃索以各種財物，卑躬屈膝。可是如今，隨著時勢逆轉，吐蕃遭受西夏屢屢侵犯，丟失了大片肥沃土地，諸部之間的矛盾也隨之爆發，相互征戰，榮光不再。如今在大宋的支持下，諸部終於達成了和解，聯合抵禦西夏的進攻，無奈何國勢一落千丈，不得不向這原先的藩國拋出橄欖枝了。

蘇爾亞王子微笑著，卻並不端起酒來，一雙漆黑的眸子閃過一絲狡黠的光澤。那吐蕃使節頓時尷尬極了，手中舉起的酒杯不知是該落下還是繼續舉起。

蘇爾亞王子的目光最後卻是落在那御案之後，那雙眼眸炯炯有神，似是要一眼看穿冕珠之後的趙佶。接著徐徐道：

「大宋皇帝陛下，請問，這杯酒，小王是該喝，還是不該喝呢？」

蘇爾亞王子的語速極慢，一字一句地不斷加重口氣，臉上的笑容若隱若現，悠悠然的彷彿閒雲野鶴一般，有一股晉人的瀟灑。殿中頓時噤聲，落針可聞，許多人的心都緊張起來，朝向御案之後的趙佶望去。

蘇爾亞王子的意思再明白不過了，喝下這杯酒，就意味著宋泥兩國定下了盟約，泥國向大宋稱臣，自然而然的與吐蕃諸部成了兄弟之邦。但是有一個前提，大宋必須答應泥婆羅國遞交的國書，否則稱臣盟誓的事還得拖下去。既然和議還未達成，這杯酒，自然還是不喝的好。

表面上雖然只是一杯酒，可是暗地裏，卻是一種威脅，蘇爾亞硬生生地將這皮球踢到了趙佶的腳下；若是趙佶點了這個頭，那麼就意味著大宋承認泥婆羅國書的條件；可若是不點這個頭，吐蕃國的使節就算要怪，就去怪大宋吧，這是大宋皇帝不許小王喝的。

趙佶才放下些許的心，此時見蘇爾亞又借機生事，面色已經鐵青，若不是顧及著吐蕃、大理等國的使節在場，只怕早已拂袖而去，低聲冷哼一聲，卻是雲淡風輕地道：「酒在愛卿的手中，該不該喝，自該是愛卿自己掂量。」這句話語氣沉重，又將皮球給踢了回去。

泥婆羅的國書，實在苛刻得難以接受，趙佶絕不會在此事上鬆口的。

此時，趙佶的臉色凜然，心裏不由地想：「這泥婆羅王子鬧也鬧了，如此跋扈，是欺我大宋無人嗎？」自參加這次宴會，蘇爾亞王子屢屢生事，已達到了趙佶容忍的底線。

趙佶的話音剛落，蘇爾亞王子微微一笑，似是渾不在意的樣子，道：「既如此，這杯酒，還是不喝罷。」

吐蕃使節勃然大怒，冷哼一聲，旋身而去。

酒宴到了這個份上，尷尬是自然的，雖有歌舞相伴，可是在座之人似也感覺到了官家的不滿，更是對蘇爾亞王子心生憎惡，因而整個大殿復又安靜下來。

蘇爾亞王子倒是顯得並不在意，頻頻自斟自飲，一雙眼眸全神貫注地落在妙曼舞姿的官妓身上，到了渾然忘我的地步。

恰在這個時候，蘇爾亞王子清朗一笑，道：「宋人喜歌舞，而我泥婆羅重勇士，看了這舞蹈，我倒是想起貴國前朝的一句詩詞來。」

眾人面面相覷，不知這蘇爾亞王子又要弄什麼玄虛了，不過，大家都沒再指望狗嘴能長出象牙。

只聽蘇爾亞王子吟道：「麗宇芳林對高閣，新裝豔質本傾城；映戶凝嬌乍不進，出帷含態笑相迎。妖姬臉似花含露，玉樹流光照菊花；花開花落不長久，落紅滿地歸寂中。」

這首詩念出，已是群情激憤，若只是拿椰果來戲弄倒也罷了，可是在皇帝面前念出這首詩，便是大逆不道之舉了。

這詩的作者人所皆知，乃是大名鼎鼎的陳後主，詩名《玉樹後庭花》，「後庭花」本是一種花的名字，這種花生長在江南，因多是在庭院栽培，故稱「後庭花」。後庭花花朵有紅白兩色，其開白花的，盛開之時使樹冠如玉一樣美麗，故又有「玉樹後庭花」

之稱。

《玉樹後庭花》以花為曲名，本來是樂府民歌一種情歌的曲子。陳國後主陳叔寶卻為它填上了新詞，詩的開頭概括了宮中環境，並化用漢朝李延年的「一顧傾人城，再顧傾人國」詩句，來映襯美人美麗。

華麗的殿宇，花木繁盛的花園，沒人居住的高閣就在這殿宇的對面，在花叢的環繞之中。美人本就生得美麗，再經刻意妝點，姿色更加豔麗無比。

原本這確實是一首好詩，偏偏錯在這詩的作者。陳後主不久後亡國，而這詩，也成為了人盡皆知的亡國之音，歷朝歷代，都是嚴禁詠唱的。

蘇爾亞王子念出這首詩，以他的心思，只怕只是拿來諷刺，可是對於殿中之人來說，意義卻是不同。

冕珠後的官家雖然不置可否，卻已有一個大臣拍案而起，怒道：

「大膽，爾身為王子，豈可如此無禮，你……你……你這無君無父之徒，難道不怕官家治你大不敬之罪？」

這些飽學詩書的官員大臣，若是說起道理來，那自是引經據典，旁敲側擊，出口成章。可是要他們去罵街，水準卻是欠缺得多。

蘇爾亞冷眼看著那大臣，一副不明所以的樣子道：

「噢？小王又非貴國子民，又何來大不敬之說。小王熟讀漢人經書，適才一時感慨，念出這句詩，莫非這詩詞又什麼忌諱嗎？」

「你……你……無恥之尤！」那官員一時無言以對，只好咬牙罵了一句當時的國罵。

蘇爾亞微微瞇起了眼睛，淡淡地道：「這倒是怪了，堂堂大宋朝的官員，竟如此評價小王，小王不知道，這是否合乎禮儀？大宋自稱是禮儀之邦，就是這樣待客的嗎？」

趙佶仍在沉默，那一雙眼眸如刀鋒一般劃過一絲厲色，可是整個人卻仍是氣定神閒的樣子，顯得並未動怒；站在御案身前的楊戩看著這樣的趙佶，更加不安，瞭解趙佶的他，十分清楚蘇爾亞王子的挑釁已經超過了趙佶的底線，便對趙佶低聲道：

「陛下，這番邦王子如此狂妄，不可再姑息縱容了。奴才跟隨陛下多年，也未見誰敢如此放肆……」

「你不必再說了，朕心裏有數。」趙佶卻只是笑了笑，低聲道：「這王子心機深沉，你這奴才以爲他只是故意挑釁，哼，他這是要激怒於朕，是要朕失態。他心裏清楚，朕是絕對不會拿他如何的，大宋朝立國以來，沒有囚禁、處死使臣的規矩，就是再無禮的西夏、遼人使節，大宋也以禮待之。可是只要朕被激怒，則失了禮，他便有了藉口，藉以在國書的條件上討價還價，朕偏不讓他如願。」

趙佶一番話，似在為自己鼓氣，又似在諷刺蘇爾亞王子的把戲為自己看穿，冷然一笑，撫案不語。

楊戩深以為然地點點頭，卻又覺得不甘，低聲道：「陛下不能動怒，可是奴才以為，有人卻可以令這王子安分下來。」

趙佶眸光一轉，落在低頭夾菜、吃得不亦樂乎的沈傲身上，不置可否。

「官家，要不要奴才這就去知會他一聲，要他為君效忠？」

趙佶卻只是微微地笑了，抿嘴不語，有些話是不需要說的。

楊戩心裏明白了，官家沉默，便是默許了，這種話，官家自然不能說，得是他這個奴才自作主張。

悄悄的，趁著無人，楊戩退下殿去，向沈傲的桌案走過去。

來赴宴之前，還未用過膳，此刻的沈傲，實在是餓得很了，自上了菜來，他便不再顧及殿中的情景，一心要填飽肚子再說，雖說對那王子滿是不爽，但肚子餓得也一時顧及不上了。

他這吃相，被常洛見了，頓時噤聲無語，沈傲卻還在一邊笑呵呵地說：

「常大人怎麼專顧飲酒卻不吃菜?哎呀呀，大人不必客氣，也沒什麼不好意思的，大家都是凡人，以學生的預計，現在官家的忍耐已經到了極限，若是官家拂袖而去了，這頓飯就吃不著了，要抓緊時間，一鼓作氣，否則悔之莫及了。」

常洛差點翻白眼，心裏大罵起來：「先別說你不顧此時狀況，就是看你這吃相，老夫還吃得下嗎？」

可是，終究還是看在沈傲是後輩的份上，常洛沒有將太難聽的話說出口，只是板著臉，正氣凜然地道：「官家受辱，身爲人臣，哪裡還有吃喝的心思。」

「常大人高風亮節，忠君之事，實乃學生的楷模，往後學生要向大人多多學習。」沈傲拍了一句馬屁，繼續對著眼前的美食風捲雲殘。

宮中的食物確實樣樣都是真品，雖然每桌只有六盤下酒菜，可是味道卻是好極了，沈傲本來就餓，更覺得鮮美異常，一門心思都在吃上了，又哪有心思去在意殿中的情況。

不知什麼時候，楊戩突然出現在沈傲的身後，輕輕地搭著沈傲的肩，笑吟吟地低聲輕喚：「沈公子，沈公子……」

沈傲回眸，一見是楊戩，頓時眼眸一亮，笑道：「是楊老哥，哈哈，幾日不見，楊老哥竟是瘦了。來，來，坐下咱們喝酒。」

楊戩哪裡有坐的心思，他來此找沈傲可是帶著任務而來的，臉上卻仍是帶著笑臉道：「沈公子不必客氣，呵呵，你倒是愜意得很啊，只是，你看這殿中，泥婆羅王子蠻橫無禮，沈公子莫非就不想爲君分憂嗎？」

沈傲搓著手，一副無辜的樣子道：「學生倒是很想爲官家效力，不過嘛，官家上次還將學生罵了個狗血淋頭，說學生太愛出風頭，學生冷靜想想，便覺得官家罵得太對了，簡直是字字珠璣，正確無比。學生如今已經知道了錯誤，暗暗下定決心，一定要徹底地改掉這個毛病，重新做人，要讓官家刮目相看。所以嘛……」

楊戩無語，這傢伙居然找這個藉口。

楊戩轉變成一張微苦的臉，道：「這是爲官家分憂，並不是出風頭，沈公子是我大宋子民，爲了捍衛官家尊嚴，與那王子鬥嘴，又何罪之有？你放心大膽的去，不必有什麼疑慮。再說了，那蘇爾亞王子實在太囂張過分了，沈公子也是大宋臣民，怎能讓那小國蠻夷如此對待大宋朝呢？」

「噢。」沈傲若有所思的點頭，這算不算奉旨罵街？可是罵街本公子不太擅長啊，討論學問倒還對本公子的胃口；不過，楊戩後面的話也挺對的啊，那蘇爾亞王子實在過分，他也很討厭的。

沈傲頓了一下，臉上生出一絲靦腆，道：「楊老哥，學生倒是有心效力，無奈何口齒愚鈍，就怕出師不利，非但沒有爲官家爭光添彩，反倒弱了我大宋的威風。」

沈傲是很謹慎的，怎麼能隨意就在皇宮大殿裏出去跟人鬥嘴呢？就算是，也得是皇帝御准的。

楊戩聽完沈傲的話，臉上的肌肉抽搐了一下，就他還口齒愚鈍？那這殿中的文武官員都要羞愧而死了，楊戩只好笑吟吟地道：

「沈公子不必謙虛，咱家對你有信心，而且，不但是咱家，很多人對沈公子也很有信心的。」

這「很多人」的裏面，是不是也包括官家？

「既然楊公公都說有信心，學生就豁出去了。爲了官家，爲了朝廷，學生就是上刀山，下油鍋，千刀萬剮也在所不惜。楊公公，這句話你要記下，待會兒向官家如實稟告，學生爲了官家捨身取義的決心，是至死不渝的。」

沈傲大義凜然地接下差事，卻不急於衝出去做這愣頭青，繼續笑呵呵地對楊戩道：「還有一件事，需要楊公公幫個忙。」

楊戩臉上的肌肉抽搐得更厲害，這一次是勉強擠出一點笑容，道：「好，沈公子你說。」

沈傲道：「是這樣的，上次鑑寶大會，學生得見大皇子的翩翩風采，回到家後，更是感慨萬千，大皇子果然不愧是鳳子龍孫。其氣質之儒雅，斯文之大方，當真是世所罕見，令人側目。所謂風流儒雅亦吾師，在學生心裏，早已將大皇子比作自己的楷模，一想到他的翩翩身影，學生便忍不住心嚮往之……」

楊戩這一次不笑了，眼見那大殿幾個大臣敗下陣來，那王子卻是一張利嘴，令許多人啞口無言，看來等不得了，連忙打斷道：

「沈公子，你就撿重要的說吧。」

沈傲很欣賞地看了楊戩一眼，小小地拍了個馬屁道：「楊公公果然知我，好吧，學生就直說了吧。上一次鑑寶大會爲什麼沒有彩頭？學生這個人淡泊名利，自然是不屑這點獎賞的，可是鑑寶大會奪魁，對於學生的意義非同一般，若是大皇子能夠隨便賞賜個拳頭大小的夜明珠啊，雞蛋般的玉石什麼，那就再好不過了。」

沈傲對這件事可沒忘記過，別的便宜他倒不在乎，但是怎麼說都是他的勞動成果，就絕不會讓自己吃虧。

楊戩無語，還雞蛋大的玉石和拳頭大的夜明珠呢，你小子還真開得了這個口啊！楊戩只好敷衍道：「這件事咱家會向官家和大皇子稟報的，沈公子，不能再耽誤了。」

沈傲見狀，頓時勇氣倍增，奉旨罵街，還有什麼怕的？

往殿中一看，只見方才與自己同桌的那個大學士邊讓氣得臉色鐵青，指著蘇爾亞道：「你……你……你……」連續說著一個你字，後頭的話卻無論如何也說不出口了，顯然邊讓是氣急了，可是畢竟口齒比不過蘇爾亞王子，卻是一時之間尋不到攻訐的言辭。

須知在座的大人，若是論風度，論忠心，論才華，那都是大宋朝一等一的，可是涉及到這種明嘲暗諷，讓他們拽幾句詩去小小的譏諷一下還可以，真強實幹起來，卻全都是繡花枕頭。

沈傲自桌案上出來，對邊讓道：

「邊大人，你……你……你個什麼？官家設宴，招待敬愛的泥婆羅王子，你卻在這裏手指著王子殿下出言不遜，你身爲臣子，身爲飽學詩書的大儒，你好意思嗎？國際友人，王子殿下，不遠萬里，遠涉千山萬水來到汴京，爲的就是兩國邦交之事，帶著友情和微笑而來，你用這樣的態度對人家，友邦詫異了怎麼辦？」

任誰都沒有想到，沈傲這個愣頭青甫一衝出，非但不是針對泥婆羅王子，而是將矛頭直指邊讓，一時譁然，許多人情不自禁地想：

「這個沈傲是瘋了嗎？」

邊讓亦是訝然，好端端的，這沈傲罵自己做什麼？真是奇了，這沈傲到底是宋人還是泥婆羅人啊，雖說二人之間有閒隙，可是外敵當前，這傢伙是不是有些弄不清楚情況了？

他張口欲言，沈傲卻毫不容情地打斷他的話：

「怎麼？邊大人還不服氣？你身爲大學士，殿前行走，代表的是大宋朝廷的威儀，可是你這是什麼樣子，直如潑婦罵街，辱罵國際友人，真是斯文掃地，你這個樣子，像是什麼話？」

他手指蘇爾亞王子，繼續道：「王子殿下是何等高貴的人物，仰慕我大宋文化，更是會說一口流利的漢話，居然還會吟詩作對，如此雅士，你就狠心在光天化日眾目睽睽之下指斥他？學生雖然只是一介書生，並無一官半職，卻是看不下去了，不管如何，也要爲王子殿下討一個公道。」

「你……你……」邊讓頓時無言以對，無語得很，沈傲的一張嘴實在過於伶俐，他還沒說一句，便有十句、八句話等著他，哪裡是沈傲的對手。

沈傲嘆了口氣繼續道：「不過，邊大人一定是要擺出官威來嚇唬學生了，噢，學生險些忘了，大人還曾是太學的博士。著名詩人有句詩作的好，恰好可以形容大人：『朗朗乾坤正氣常春，明辨是非德高望重。蠅營狗苟何種桃李，誨人不倦難斷劣根……』」

咦，本公子居然又出口成章了，連沈傲自己心中也不由得暗暗驚奇。

邊讓啞口無言，頓時心中一凜，心想：「他是個瘋子，我堂堂大學士和他計較什麼，傳揚出去，沒得壞了老夫的體面。」抿了抿嘴，冷哼了一聲，便回座去了。

沈傲見狀，亦不追擊，旋身去看蘇爾亞王子，笑呵呵地道：「國際友……啊，不，王子殿下，適才邊大人出言不遜，請殿下不要見怪。」

蘇爾亞王子警惕道：「小王怪什麼，只是心中有些好奇罷了，都說大宋乃是禮儀之邦，君子之國，今日看來，也不過如此。」

沈傲微微一笑：「是啊，是啊，不過呢，學生可以向王子殿下保證，除非極少數一小撮的分子，其實大多數還是稱得上君子的。就比如區區在下……」

沈傲笑得很燦爛，很詭異，一雙眼眸直勾勾的看著蘇爾亞王子，誰也不知他的葫蘆裏賣什麼藥。

蘇爾亞王子冷笑一聲，卻並不搭腔。

第六九章
一賭定乾坤

沈傲明白了蘇爾亞的意思，泥婆羅國的底牌被自己翻了出來，
若是再耽擱拖延，對泥婆羅越是不利，
與其如此，不如一賭定乾坤。說到「賭」字，沈傲當之無愧的算是翹楚的人物，
因而笑吟吟地等著聽蘇爾亞怎麼說。

沈傲繼續道：「就比如區區在下，還是很知禮的，諸位有目共睹，都可以做個見證。」

偌大的殿堂，卻無人吱聲，唯有那個常洛，很是慚愧地應付了一句：「不錯，沈公子……還是很知禮的。」趕緊垂下頭，老臉一紅，這麼大年紀還要當著眾多人的面說假話，有點兒後悔了，無地自容啊。

沈傲繼續道：「我們宋人的禮，分爲兩種，一種是君子之禮，另一種呢，是禽獸之禮。比如君子之禮，就好像學生見到了常洛常大人，常大人德高望重、淡泊明志、勤勞樸實、玉樹臨風、慈眉善目、古道熱腸、高風亮節、德才兼備、沉魚落雁……咳咳，這個沉魚落雁不算，總之，天下萬般的美德，齊集於常大人一身，這樣的老先生，學生自然行的是君子之禮。」

常洛老臉更紅，見無數目光落過來，恨不能找個地縫鑽進去。

蘇爾亞王子只是繼續冷笑著，心知沈傲在故弄玄虛，正要開口，這時沈傲卻又道：

「至於禽獸之禮嘛，主要是對某些胡亂說話的蠻夷，比如突厥啊、匈奴啊什麼的，所謂見人說人話，見鬼說鬼話，其實道理也是如此。因此這禽獸之禮，難免會態度惡劣一些，請禽……哦，不，王子殿下勿怪。」

蘇爾亞王子眼眸閃過一絲怒意，正要反唇相譏，沈傲再次打斷他，又驚訝又恐懼地道：

「王子殿下，學生有言在先，這禽獸之禮絕不是針對殿下的。學生向天發誓，雖說泥婆羅也是蠻夷……哦，不對，不對，泥婆羅絕不是蠻夷，學生斷沒有這樣的心思，泥婆羅怎麼是蠻夷呢？明明他們很講禮的嘛，比如，他們居然會吃椰果，還會……還會……還會……」

連續說了幾個還會，沈傲臉色有些緊張了，心虛的問：「殿下，不知貴國人還會什麼？」

蘇爾亞王子冷哼一聲，道：「你胡說八道什麼？」

「對，還會胡說八道，咦，胡說八道也是貴國的特長嗎？啊呀呀，胡說八道好啊，會胡說八道，說明貴國已經步入文明的第一階段了。就比如王子殿下，胡說八道的就很有水準，舌戰群儒，大宋腐儒望塵莫及，甘拜下風。」

蘇爾亞王子冷哼一聲，道：「你這是顛倒黑白。」

沈傲呵呵笑道：「王子殿下這就太冤枉學生了，孰黑孰白，學生還是分得清的，就比如王子殿下，黑得亮，黑得有型，黑得伸手不見五指；說起這個『黑』字，學生便有滿腹的疑惑，斗膽要問，王子殿下若是走夜路，壓力會不會很大？」

對付這種胡攪蠻纏的，沈傲比他更胡攪蠻纏，鬥嘴這種東西，沈傲深有心得，最重要的一點，就是千萬不要跟著對方的思路走，要自己掌握主動，摳住一個字眼死命發揮，占住主動權。

蘇爾亞王子大怒，道：「你在這裏從中作梗，是要破壞泥宋兩國的邦交嗎？」

沈傲訝然：「邦交?這從何說起，殿下原來是來談邦交的?哎，爲何殿下不早說，方才我見殿下的模樣，爲什麼覺得殿下卻是來鬥嘴皮子，是來比誰更會胡說八道?!原來殿下竟負有重任，失敬，失敬。」

全殿哄然大笑，不少官員已是毫無顧忌了，除了幾個禮部官員臉色略略有些難看之外，大多數人心裏恨透了這蘇爾亞，對他憎惡之極。

蘇爾亞見狀，心知再不能和沈傲說下去了，抿著唇，氣呼呼地回到座位上。

沈傲呵呵一笑，不再計較，也回到位置上，口裏卻兀自不停，道：「說起這邦交，學生倒是想起了一件事，似乎泥婆羅國與天竺國的邦交倒是很深啊，王子殿下不去天竺邦交，卻爲什麼偏偏跑到汴京來與我大宋邦交了呢?哎，真是令人費解。」

衆人哂然一笑，倒是有幾個禮部的官員心裏卻是暗暗奇怪，這個沈傲，只是一個監生，卻也知道天竺國?竟還知道天竺國與泥婆羅接壤，這倒是奇了。

蘇爾亞又是冷哼一聲，打定了主意不再理會沈傲，他很清楚，若是接了沈傲的話，沈傲後面又會有更加可惡的話。

沈傲微笑地看著繼續不說話的蘇爾亞，若有所思地道：「莫不是天竺國自身難保？不會吧，蘇丹居然如此厲害，天竺國行將不保了嗎？」

這番話說出來，蘇爾亞王子眼眸中閃過一絲茫然，隨即又是一絲厲色。

沈傲繼續道：「想不到蘇丹人如此厲害，不知天竺國已遭受蘇丹人幾次侵略了，哎，屢戰屢敗，說起來，這天竺人還真是淒慘得很，只是若有朝一日蘇丹人擊敗了天竺，泥婆羅這彈丸之地，最終卻是什麼下場，倒是令人期待了。」

莞爾一笑，搖頭道：「這和我有什麼干係，蘇丹人打仗，最擅長的便是屠城，我若是泥婆羅國王子，一定要死乞白賴地賴在這汴京，無論如何也絕不回泥婆羅去，若是一不小心被蘇丹人俘獲了，閹了去做蘇丹的閹侍，那可就太悲慘了。」

眾人聽沈傲念念有詞，卻又不知到底什麼意思，滿腹疑惑。

偏偏這個時候，蘇爾亞卻是彷彿觸動了心事一般，冷哼道：「蘇丹人又有什麼可怕，莫說天竺有十萬大軍，就是泥婆羅，亦有七千勇士，蘇丹軍馬不來便罷，若是敢來，便教他們有去無回。」

沈傲呵呵一笑，連忙道：「是啊，是啊，泥婆羅勇士乃是威武之師，雄壯之師，保家衛國，自然是綽綽有餘的。不過，這天竺國只怕是指望不上了，空有大軍十萬，在蘇丹面前卻是屢戰屢敗，這樣的打法，遲早那天竺王要唱『玉樹菊花花』了。」

沈傲感慨一番，繼續說道：「做人，還是爲自己留一條生路的好，若是有朝一日某人國破家亡，卻又能到哪裡去？」

蘇爾亞卻是愣住了，咀嚼著沈傲的話，一時默然。

那幾個禮部的老油條卻是精神一振，似是聽出了些什麼，沈傲這是話裏有話啊，再看那蘇爾亞一時失魂落魄的樣子，莫非……

酒酣正熱，這宴會已是到了尾聲，就在散席的最後一刻，蘇爾亞卻突然走至沈傲案前，深望沈傲一眼，冷聲道：

「不知沈公子到底是誰？爲何知道天竺，又知道蘇丹？」

許多人又將注意力轉過來，沈傲微微一笑道：「怎麼，王子怕了？」

「怕？」蘇爾亞不屑道：「蘇丹軍的活動範圍距離泥婆羅國尚在數百里之外，泥婆羅有何懼之？」

沈傲作出一副敬佩的樣子道：「區區一彈丸小國，兵不滿萬，強鄰環伺之下，我若是該國王子，一定膽戰心驚，如履薄冰，倒是王子殿下的膽魄驚人，竟是不爲所動，學生佩服，佩服之至。」那話裏的意思在蘇爾亞聽來，卻是有多諷刺就有多諷刺。

大宋被遼人牽制，爲了提防西夏人，又不得不扶助吐蕃人牽制西夏，偏偏吐蕃諸部又被泥婆羅牽制，按道理，這本是一個死局，要拉攏泥婆羅，大宋就必須許諾於足夠的好處。

這本是意料之中的事，而蘇爾亞王子的到來，不過是討論好處的多少而已，爲了得到最大的好處，蘇爾亞王子自以爲捉住了大宋的七寸要害，是以屢屢使出手段以求激怒趙佶，擺出最強硬的姿態，逼迫大宋就範。

朝廷的內部，原本也早已列出了底線，這個底線，雖然不至於比照西夏條件那樣過於令人難以接受，可是每年贈予的金銀、帛布亦是不少。所謂漫天要價，落地還錢，雙方明爭暗鬥，都是希望能在正式交換國書前占住上風。

偏偏蘇爾亞王子念出的那句詩，卻只想著嘲諷，竟不知道這首詩對於皇帝來說，不啻於是最惡毒的詛咒。若不是趙佶尚存有幾分理智，換上一個脾氣暴躁之人，就是現在就將他拉下去砍頭也是極有可能的。

不過，沈傲卻突然提到了吐蕃和蘇丹，卻是令所有人大惑不解，唯有蘇爾亞王子，卻是變了臉色。

泥婆羅國地處南亞，能對之產生影響更大的是天竺。對於天竺，禮部並非全然不瞭解，可是對蘇丹，他們卻知之不詳；偏偏沈傲提及蘇丹，令蘇爾亞王子心中一凜，蘇丹恰恰是泥婆羅的軟肋，有蘇丹大軍陳兵壓境，泥婆羅莫說是去招惹吐蕃，就是自保尚還是一個問題。

所以，從一開始，泥婆羅人就在虛張聲勢，被沈傲一語道破後，泥婆羅的本錢就沒了。

沈傲人畜無害地笑著，一雙眸子卻是直愣愣地望著蘇爾亞王子，彷彿一眼洞悉了他的弱點，似笑非笑之中，卻隱含著智慧的光澤。

蘇爾亞王子冷哼一聲，心中轉了無數個念頭，表面上雖然鎮定自若，可是內心之中卻是駭然。

沉吟片刻，突然走至殿中，朝趙佶行了個禮，朗聲道：

「大宋皇帝陛下，泥婆羅國願向大宋朝稱臣納貢……」

這一句話說出，群臣頓時議論紛紛。這是怎麼了？國書尚未定稿，便急不可耐地要稱臣納貢？

蘇爾亞王子繼續道：「不過，小王遞交的國書，還要請陛下斟酌一二，不如這樣，小王願與陛下來一場賭約，若是小王勝了，則大宋需按泥婆羅國國書的條件訂立盟誓。可若是小王敗了，國書可任由陛下刪減。」

這一句道出，更是令人大惑不解，不過這賭局倒也公平，值得一試，就是趙佶，此刻也不由心動，便道：「愛卿要賭什麼？」

沈傲心裏卻明白了蘇爾亞的意思，泥婆羅國的底牌被自己翻了出來，若是再耽擱拖延，對泥婆羅越是不利，與其如此，不如一賭定乾坤。

說到這個「賭」字，沈傲當之無愧的在這個時代絕對算是翹楚的人物，因而也不說破，笑吟吟地等著聽蘇爾亞怎麼說。

只聽蘇爾亞道：「賭騎馬。」

「騎馬？」

群臣又是一陣議論，若說比作詩、作畫，這大宋是穩贏的了，至於騎馬，卻也不見得輸，大宋雖是以儒立國，可是武進士也是不少，宮苑之中的良馬寶駒更是不計其數，這王子又是故弄什麼玄虛？

趙佶一時沉默，踟躕不下，泥婆羅王子既已提出，他若是否決，則會被人看作是畏懼，不敢應這賭約。可是若點了這個頭，這賭約卻又是泥婆羅人提出，定有必勝的把握。

左思右想之下，趙佶終是頷首點頭道：「好，朕便和你賭一賭。」

許是方才過於壓抑，趙佶猛地拍案而起，那冕珠之後的臉上，卻有一種不容侵犯的神采。

皇宮禁苑，自有跑馬的場所，不過那裏屬於後宮，外臣是絕不能進去的，因此，這賽馬地便改在了前殿，沿著一條幽幽苑河，恰好有一條寬闊的走道，這一場賽馬，賭注實在太大，更是事關大宋朝廷的臉面，因而趙佶極為慎重。

比賽的規矩已經商定，三局兩勝，誰若是能沿著這苑河跑一圈，最先抵達者為勝。

為了保險起見，趙佶派出的賽馬之人乃是殿前指揮使胡憒，殿前指揮使統管禁軍騎軍，是久習馬戰的，更通曉戰馬的習性，派他出馬，最為穩妥。

至於蘇爾亞王子派出的，卻是身後的一個扈從，就是方才那個對沈傲嘰哩咕嚕的那個。此人眼眸中閃過一絲躍躍欲試，與王子低聲用泥婆羅語交談，那王子時不時笑吟吟地抬眸去看胡憒，冷笑連連，扈從似是聽了他的授意，不斷點頭稱是。

官家被一大群人簇擁著，沈傲身分低微，自然是站在外圍，倒是那楊戩不知什麼時候站到他的身側，微笑著道：「沈公子方才痛快得很哪。」

沈傲正色道：「罵人不是學生的本行，學生還是喜歡以理服人，不過，既然是為皇上效忠，學生只有咬著牙，不顧自己的清白名節，也得上了。楊公公，你看那泥婆羅人的馬……」

楊戩順著沈傲的指尖看著王子扈從牽著的一匹馬，這馬體形優美，體格等，各處肌肉勻稱的很，楊戩縱是對馬一竅不通，卻也忍不住道了個好字，接著對沈傲問道：

「沈公子也懂馬？」

若是楊戩知道沈傲在前世曾用價值數萬的馬去騙了一匹三百萬美金的寶馬，只怕就不會問這麼幼稚的問題了。

在後世，騎術逐漸演化成了一項貴族運動，與之相對的，一匹好馬的價值也是不菲；若是一匹血統純正的神駒，剛剛出生，就可賣到千萬美元。有了利潤，就有藝術大盜操作的空間，而這個前提就是，操作者必須對馬極爲精通。

沈傲微微一笑：「這是阿拉伯馬，阿拉伯馬以美麗、聰穎、勇敢、堅毅和浪漫而聞名於世。牠最大的特點，是有著旺盛的精力，特別適合於耐力賽。蘇爾亞王子以阿拉伯馬進行短途賽馬，嘿嘿，若是學生所料不差的話，他們一定還有後著，否則必敗無疑。」

楊戩聽沈傲說得頭頭是道，忍不住道：「他們能有什麼後著？莫非耍詐？」

沈傲苦笑道：「學生哪裡知道，我們拭目以待就是。」

楊戩若有所思地點頭，卻是感覺沈傲更不簡單了，這個人，竟然對馬也有研究？這能簡單嗎？

過了片刻，蘇爾亞王子突然向人群這邊走來，朗聲道：「大宋皇帝陛下既然已經立下賭約，小王還有個不情之請。」

不等趙佶有所反應，蘇爾亞王子就繼續道：

「若是此戰得勝，陛下能否將祈國公府的小姐嫁給小王？小王曾與周小姐有一面之緣，甚爲欽慕，願與大宋結爲秦晉之好。」

他聰明的地方就在於一開始只提出一個誘餌，先教趙佶同意比賽，隨後又層層追加籌碼，既然比賽已是定局，籌碼的問題，身爲大宋皇帝卻也不好拒絕。

趙佶果然一時沉默，正在猶豫之際，王子又道：

「若是大宋以爲這一場賭局必勝無疑，陛下就當小王方才的話沒有說過好了，我泥婆羅的勇士人人都會騎馬，小王的這個扈從，在泥婆羅國騎術是最劣等的，這一次派他出賽，便是怕引起陛下的不快，說我泥婆羅國倚強凌弱。」

這激將計實在太明顯了，王子的臉上，彷彿就寫著「激將」兩個字，偏偏雖然大家都知道，在這種場合，趙佶卻是斷不能示弱的。

趙佶冷哼一聲，再也沒有猶豫地道：「朕准了，愛卿切記信守諾言的好。」

王子呵呵一笑，又旋身去和那扈從低聲說話。

沈傲看著蘇爾亞王子，唇邊帶出一抹讓人難以看穿的笑意，只是這笑意卻不及眼底，眼眸飛快地閃過一絲殺機。

王八蛋，什麼便宜都想得，囂張的人見得多了，卻沒見過這麼囂張的，想叫表妹跟著你去泥婆羅那鳥不拉屎的地方？休想！

心裏雖是罵了這王子祖宗十八代，可是臉上卻仍是一副恬然的樣子。他平時很少動怒，可是真正到了怒不可遏的時候，卻會表現出異常的冷靜，這是一個大盜的基本素質，也正是因為如此，沈傲才是一名出色的藝術大盜。

而沈傲無論面對多大的敵人，都會笑著看著那人，越是笑得燦爛，心中越是對那人痛恨。

那扈從已經開始牽馬入場，殿前指揮使胡憒也是牽著一匹渾身雪白的良駒，徐徐入場。

胡憒乃是老將，曾多次參加對西夏和遼國的衝突，年輕時更是中過武舉，其騎射功夫極為出色。此後上任為殿前指揮使，統管騎軍，更是整日與馬為伴，騎術功夫了得。

他個子不高，臉上平淡無奇，甚至臉色略有泛黃，只是渾身上下，卻有一股濃重的彪悍，一雙眸子打量了他的對手一眼，冷哼一聲，便拉住轠繩，人如鷂子翻身一般，輕巧的躍上馬背。

眾人見他上馬的樣子，頓時傳出一聲歡呼，他上馬雖然平淡無奇，可是身體沒有一絲的凝滯，渾然天成，這一刻還在馬下，下一刻就順理成章的出現在馬背上了。

至於那王子扈從卻也是從容得很，抓住馬鬢發出一聲怪叫，輕巧地躍上馬背去。

兩個人拉著韁繩，都在安撫著躁動不安的坐騎，只等著一聲令下，絕塵而去。

「駕！」隨著一聲令下，兩匹馬開始徐徐跑起來，越跑越快，如箭飛馳般向前跑。

胡憤經驗豐富，矯健矮小的身軀死死貼住馬背，全身隨著馬的奔跑而不斷的調整著坐姿，他座下的馬乃是宮苑圈養的寶馬，神駿異常，甫一飛馳，便迅速地比王子扈從領先了一個馬位。

眾人見狀，除了幾個老成持重的，都紛紛為之喝彩起來。大家頓然覺得揚眉吐氣，方才那王子口出狂言，許多人心中尚且有些疑惑，以為泥婆羅人定有必勝把握；可是只這一看，只百丈不到，胡憤已是遙遙領先，大宋已是勝券在握。

沈傲此刻全神貫注著賽事，嘆了口氣，幽幽地道：「最壞的結果來了。」

楊戩被這熱烈的氣氛感染，正是隨之興奮的時候，卻見沈傲噓聲感嘆，便忍不住道：「沈公子何出此言？」

沈傲道：「若是泥婆羅人佔據了優勢，有必勝的把握，倒也罷了。現在看來，泥婆羅人的馬匹和馬術如此不堪，卻敢以邦交來立下賭約，楊公公認為，他們會就此認輸嗎？」

楊戩心中一凜，這種陰謀手段他見得多了，說得不好聽些，他便是用陰謀的老祖宗，這宮中多少人想得到聖眷，將他排擠下去，可是結果如何？他這個內相非但在宮苑中穩如泰山，就是在宮外，那些文武大臣又有誰是他的對手。

略略一想，楊戩立即明白了，若是泥婆羅人能夠規規矩矩地取勝，提出這個賭約，自然是理所應當；可是他們明明實力不濟，卻拿出這樣的重注去賭，若是不使些手段，豈不是搬石頭砸了自己的腳後跟？

楊戩低呼一聲，臉色凝重地道：「咱家這就去知會官家一聲。」

話音剛落，沈傲吸了口氣，呼道：「晚了。」

楊戩舉目過去，只看見那落後一個馬位的王子扈從卻突然伸出了手，坐在馬上以一種奇異的方式向著胡憒探手攻去。

胡憒被這意外的偷襲弄得舉足無措，身形一頓，連帶著座下的寶馬也減慢了速度。恰在這個時候，那扈從卻又改變姿勢，腳勾著韁繩，全身竟是斜站在馬背上，又是一拳，直向胡憒的腰腹砸去。

眾人已發出一聲驚呼，縱是胡憒這樣眼明手快的老將，此刻突遭大變，已是來不及應變了，怒吼一聲，腹部中拳，便如風箏一般摔落下馬。

「無恥！」

「快救胡指揮使。」

無數人顧不得斯文，頓時咒罵起來，那王子扈從得意一笑，坐回馬上，絕塵而去。

第七十章
其人之道

沈傲笑得很開心很燦爛，既然身為王子的都這麼下賤，本公子只好大棒伺候了。

這叫什麼呢？以其人之道還治其人之身。

功夫再高，也怕菜刀，管你是什麼瑜伽神功，遇到沈大爺的鐵棒，也只有歇菜的份。

此刻趙佶已站了起來，冕珠之後的眼眸射出一絲怒火，放肆，太放肆了，簡直是膽大妄爲，明明是賽馬，對方卻突然攻擊。

唯有沈傲，此刻卻表現得出奇的鎮定，他的目光一閃，忍不住道：「這是瑜伽？不對，又有些不像，不過方才那個動作，還真是像極了。」

要知道那扈從與胡憤全力駕馬狂奔時，相隔有半丈之遠，那個扈從突然做出一種奇怪的動作，全身的肌肉和骨骼，竟是一種不可思議的扭轉，只需用腿勾住韁繩，全身就可以全神貫注的對胡憤偷襲，這樣的本事，和後世的瑜伽有些相同，可是又有些不同。

如果猜得沒有錯的話，這應當是瑜伽的變種，或者說是與瑜伽結合起來的某種武術，從一開始，那王子就根本沒有打算公平的比賽，這一切，應當都是早有預謀的。

「無恥，比老子還無恥。」沈傲心裏也忍不住大罵，他雖然無恥，但是總還顧及點顏面，總還知恥，至少會去替自已找萬般的理由；可是蘇爾亞王子的無恥，彷佛一切皆理所應當，一點掩飾都不需要，說賽馬，他能教人去打拳。

此刻，那扈從已是繞著苑河跑完了一圈，悠悠然地奔回了原點，得意洋洋地下了馬，朝蘇爾亞王子行了個禮，站至王子的身後。

蘇爾亞王子笑呵呵地道：「這一局，泥婆羅國贏了。」

「哼，偷襲胡指揮所，竟還敢言勝？果然是蠻子，恬不知恥，無恥之尤。」此時眾人議論紛紛，能令群臣直呼爲無恥、蠻子，這個王子，倒也算是夠賤的了，臉反正已經撕破了，什麼友好、禮儀都是虛言。

蘇爾亞王子大笑，朝遠處的趙佶行禮道：「皇帝陛下，方才我們是不是曾說過，只要誰能從始點跑到終點，便算誰勝是不是？爲什麼此刻大宋卻反悔了。」

幾個侍衛將胡憒抬起來，胡憒身受重傷，臉色蒼白如紙，趙佶親自步過去探視，臉色陰鬱得可怕，卻不去理會蘇爾亞王子，高聲道：

「傳太醫，快，扶胡愛卿去養傷。」

等他回過頭來，蘇爾亞王子繼續道：「規矩既是這樣定的，那麼泥婆羅的勇士不小心觸碰了大宋騎師，又有何不可？堂堂大宋，既然自稱是君子之國，天朝上邦，卻又爲什麼不敢認輸？莫非大宋是輸不起嗎？」

「哼。」趙佶冷哼一聲，仍是不說話。

誰都知道，這第一局大宋確是輸了；泥婆羅人雖然無恥，卻沒有破壞規矩。只是擺在趙佶面前的，卻是第二場馬賽的人選，胡憒已經重傷，自然不能再出場，至於其他人，還有誰的馬術比胡憒更好？就算更好，誰又能躲得過那泥婆羅人的怪異身法。

一片沉默聲，沈傲怡然一笑，對身側的楊戩道：「楊公公，一般情況下，爲君分憂會有什麼獎勵？」

「獎勵？」楊戩愣了愣，才是明白過來，連忙道：「沈公子要上場與泥婆羅人賽馬？」

沈傲冷笑道：「你看，大家都不上，那泥婆羅人見了，豈不是笑我們大宋無人？學生雖手無縛雞之力，可是卻有一腔忠君報國的沸騰熱血，怎麼能不挺身而出？」

楊戩微微皺著眉頭道：「沈公子也會騎術？」

沈傲很謙虛地道：「會那麼一點點。」

沈傲對馬有所研究已經不簡單了，難道騎術也會很好嗎？

楊戩擔心地道：「那麼沈公子要小心了，泥婆羅人可惡得很。」

沈傲笑道：「其實學生的心裏還是很怕的，不過，要是陛下隨便賞學生一匹寶馬什麼的，學生腦中想起聖人的教誨，便什麼都不怕了。」

噢，原來這沈公子是想要這匹馬，楊戩心裏偷偷地笑了。看著沈傲灑然的步出去，高聲道：「這第二場賽馬，就讓學生來吧。」

眾人愕然，皆是望向沈傲。只看到沈傲那瘦弱的身軀，此刻卻突然顯得高大起來，方才不少人還覺得此人口無遮攔，可是這一刻，卻覺得這個小子其實並不是太壞。要知道，和泥婆羅人賽馬可不是玩著鬧的，若是在騎馬的過程中遭到他們的偷襲，那絕對是非死即傷，這個時候能夠主動請纓，膽量不小啊。

沈傲旁若無人的朝遠處的趙佶行了個禮道：「陛下，請准許學生出賽，學生只是區區一介書生，騎驢的本事倒還不錯，至於騎馬嘛……」搖頭嘆了口氣：「馬車學生倒是坐過不少次，騎術精湛，卻只限於騎驢，而非騎馬，那麼，就讓大宋朝一個騎術最低劣的書生，來和泥婆羅國的勇士比一比，看看誰的騎術更高。」

騎驢……眾人無語，這騎驢和騎馬雖同有一個騎字，可是這差異也太大了吧。

倒是有幾個有心人，卻似是聽懂了沈傲的話，這叫先抑後揚，先說自己只會騎驢，這樣一來，就是輸了也不丟臉了；可若是贏了，那自是證明大宋一個騎驢的書生，也比之泥婆羅王子身邊的勇士還要厲害。

這個沈傲，真是無時不在挖陷阱啊，說一句話，不定在下一刻就把人繞進去了。

趙佶見沈傲自動請纓，心中一時百感交集，今日被這蘇爾亞王子氣得狠了，心中早已不快，而這場賽馬干係不小，若是輸了，非但要遭人笑柄，且損失巨大，此時抱著死馬當活馬醫的心態，道：「沈愛卿，小心。」

這一句囑咐倒是真心實意，甚至還添加了趙佶幾分情感。

沈傲呵呵一笑，先是叫來了一個禁衛，與那禁衛耳語幾句，那禁衛連連點頭，不過，神色卻多了幾分怪異。

叫人將胡憒的馬牽來，沈傲一手扯住馬的韁繩，一手撫摸馬的鬃毛，隨即向蘇爾亞王子走去。

「王子殿下，下一局，仍是你那扈從出賽嗎？」

沈傲的笑容燦爛極了，絕對沒有一絲的刻意和造作，真摯地望著蘇爾亞王子。

蘇爾亞王子冷笑道：「是又如何？沈公子還是小心吧。」

沈傲從容一笑道：「請轉告你的扈從，叫他小心一些，在下騎驢……哦，不，騎馬的時候，難免會做出一些有辱斯文的事來。不過……學生倒是很期待第三場王子殿下能夠上場，若是能與王子殿下一較高下，那就好極了。」

蘇爾亞王子冷哼了一聲道：「我看還是得等沈公子有能耐先擊敗我的扈從，再說這些話吧。」

沈傲和王子扈從各自翻身上馬，已做好了準備，有內侍高聲唱喏一聲，二人如箭一般勒馬衝出，沈傲騎著馬，馬術卻也不是吃素的，實力絕不在胡憒之下，再加上他座下的這匹馬，豈是阿拉伯馬所能媲美，阿拉伯馬的品種雖然優異，卻哪裡比得上血統純正的神駒；頃刻工夫，沈傲便迅速地將對手甩落在後。

寒風刮面，帶來絲絲生痛，束起的長髮，迎風飄起，此刻的沈傲，冷靜得出奇，耳邊傳出嗡嗡作響的風聲，彷彿連耳膜都快要給刺穿。

「有種，你這王八蛋就故技重施，看本公子怎麼收拾你。」沈傲在心裏罵道，卻沒有回眸，全身緊繃著，那王子扈從隨時都可能展開偷襲，一不小心，就可能被砸下馬去。

所有人屏住了呼吸，突然，有人驚呼一聲：「沈公子小心。」這一聲警告，是因爲沈傲身後的對手，又是故伎重演，仍是對付胡憒的動作，全身以不可思議的角度開始扭曲，尤其是那手臂向前一伸，越過馬頭，動作怪異之極。

一拳已經開始砸向沈傲的後心，冷風不斷的吹拂，那拳頭距離沈傲的身體已不過數寸之間。

看客們都焦急起來，有些人甚至將眼睛別過去，不敢再去看沈傲的後果。就是趙佶，此刻的心也跳到了嗓子眼裏，臉色青白起來，低吼道：

「若是沈傲有事，朕寧願不要這邦交，也……」

後面一句話卻說不出來了，所有人都愕然了，因爲沈傲的手心裏，不知從哪裡掏出了一根棒子，不錯，是一根棒子，只有拇指般粗細，黑黝黝、反射著雪色，顯是生鐵鑄造的。

「這棒子，倒像是禁軍的槍桿。」說話的人是工部的一個官員，專門負責督造器械的，一見那棒子的粗細長短，頓時便認出來了。

禁軍的武器品種多樣，其中有一種武器叫短槍，這種槍的槍桿不是木質，而是生鐵鑄成，槍身雖短，重量卻是不輕。

就在所有人恍惚的剎那，一聲怒吼傳出：「哼！龜兒子不學好，學人偷襲，再偷啊。」

這莫名其妙的怒吼剛落，便聽到金屬撞擊筋骨的聲音，啪……隨之是骨頭碎裂的微響傳出。

眾人膽戰心驚地再去看，只見那鐵棒不偏不倚地砸中探過來的手臂，王子扈從吃痛地叫了一聲，連忙回身落馬，那鐵棒在半空中劃過半弧，卻又是狠狠砸落，這一次不是手臂了，而是那扈從的肩窩。

啪……

啪……

在場之人，哪一個不是飽讀經書的大儒，再次的，也是整日在宮中行走的內侍，此時聽到那金屬與骨肉的撞擊聲，看到那凶殘的行凶場面，都一下子呆住了。

只見王子扈從自馬上摔落，渾身淤青，臉色扭曲，豆大的汗珠不斷的低落，顯然身上骨折的地方不只一處。

倒是沈傲，卻是回眸一笑，讓人一下子忘記了他的凶殘，慢悠悠地騎著馬，還真有幾分騎驢的悠然，慢慢地圍著苑河轉悠了一圈，回到原點，落馬後笑吟吟地道：

「敢問王子殿下，這第二局，是誰贏了？」

蘇爾亞王子先是目瞪口呆，到了後來，幾乎是恨不得將沈傲整個撕開。

至於沈傲的這個問題，不知道蘇爾亞王子是還沒反應過來，還是太恨沈傲了，卻是回答不出，按規矩，沈傲確實是第一個回到了終點，可是他居然賽馬的時候帶了根鐵棍……

不過，這只是小節，既然賽馬的過程可以互毆，帶一根鐵棒，又有什麼打緊？這話，可是蘇爾亞王子自己說的，他要的只是結果，沈傲就給他這樣的結果。

沈傲笑得很開心很燦爛，心裏想著，本來還很想和這個王子講講道理的，可是竟然要動拳頭，無奈何，既然身為王子的都這麼下賤，本公子只好大棒伺候了。這叫什麼呢？以其人之道還治其人之身。

功夫再高，也怕菜刀，管你是什麼瑜伽神功，還是什麼馬上風，遇到沈大爺的鐵棒，也只有歇菜的份。

沈傲笑吟吟地揮舞著手中的鐵棒，越看越是覺得喜愛。

沈傲看著蘇爾亞王子，王子冷笑，卻是被沈傲方才的凶態嚇住了，再去看自己的扈從，此刻已是奄奄一息，渾身抽搐，尤其是手臂處，更是瘀傷骨折，痛得哇哇的大叫。

對此，沈傲無動於衷，他信奉的準則只有一個，出來混，總是要還的。這泥婆羅的王八蛋與胡憒指揮使無怨無仇，卻是毫不猶豫的下了重手；胡憒摔下馬去，身受重傷，也不見他們露出些許憐憫。既然要玩，就要輸得起，所以對這種人，根本沒有濫用同情的必要。

沈傲把鐵棍收好，插在腰間，亦步亦趨的朝皇帝那邊走近一些，拱手行禮道：

「官家，這第二局，學生幸不辱命，僥倖勝了。」

他嘆了口氣：「學生最擅騎驢，這騎馬卻是大姑娘出嫁，頭一回，好在國際友人客氣的很，多多承讓，多多承讓，否則以學生的斤兩，只怕早已一敗塗地了。」

還多多承讓，沈公子實在太謙虛了，那個什麼國際友人倒是承讓的很，想不承讓也不行，至今爬不起來呢。

趙佶忍俊不禁的頷首點頭，只嗯了一聲，對沈傲的做法既不鼓勵，也不批評，該說的話，該做的事，自然有沈傲去爲他說，爲他做。

沈傲那一棒下去，確實解了他的心頭之恨，蘇爾亞王子囂張在前，趙佶亦沒有留存什麼憐憫，蕞爾小邦，是該教訓一下。

至於這宮中的禁衛，看沈傲的眼光自然不同了，方才被打倒的胡憒胡大人，便是他們的頂頭上司，胡大人受辱，他們感同身受，此時沈傲這一出手，行事風格很契合他們的心意，又爲他們報了一箭之仇，做了他們想做卻又不敢做的事。

沈傲微微笑著，這一棒的效用還是很大的，尤其是鐵棒插在腰間，連走路都帶了一陣風似的，爽極了。旋身回去對蘇爾亞王子道：

「王子殿下，這第三場馬賽，是不是該殿下出馬了。」

蘇爾亞王子怒氣沖沖的望了沈傲一眼，方才是他咄咄逼人，如今這咄咄逼人的卻換成了沈傲，以沈傲的行事作風，王子相信，下一場比賽，這鐵棒是一定會往自己身上招呼的，這傢伙不會留情。

可是這第三場馬賽若是放棄，非但泥婆羅國輸了賭約，眼看就要到手的美人兒不翼而飛，就是他也要遭人恥笑。他沉吟片刻，冷笑道：「好，小王和你比一比。」對身後另一個扈從嘰哩呱啦的說了幾句泥國話，那扈從點點頭，卻是將腰間的彎刀抽出來，雙手恭恭敬敬的交在蘇爾亞手上。

眾人一看，倒吸了口涼氣，這王子是要動刀了，不得了，馬賽先是變成了拳賽，拳賽又變成了毆鬥，如今卻連刀子都派上了用場，倒像是要廝殺比武一樣。

蘇爾亞獰笑道：「沈公子，請吧。」

沈傲警惕起來，想不到這個時候，蘇爾亞王子居然玩起了搏命的勾當，那扈從會瑜伽之類的武術，這王子多半也會，而且還帶著彎刀，凶多吉少啊。

箭在弦上，不得不發，到了這個份上，沈傲有一種風蕭蕭兮易水寒的感慨，眼眸朝向眾臣和侍衛們望去，看到許多人流露出同情和不捨之意，忍不住想，喂，喂，怎麼沒有一個人站出來說說話，人家連刀子都動了啊，不會是真教我一個書生去拼命吧？

哎，看來這年頭人心也不太可靠！

沈傲只好抽出棒子，重新躍上馬去。蘇爾亞王子卻是叫扈從又牽了一匹馬來，氣勢洶洶的望著沈傲，滿是殺機騰騰，獰笑不止。

「小王的刀可是不會容情的，沈公子不必客氣。」這一句話挑釁的意味明顯，顯然蘇爾亞王子勝券在握，本身的瑜伽功夫高明的很。手中有了彎刀，心中不慌，不再將沈傲放在眼裏。

沈傲訕訕一笑：「殿下放心，學生一定不會客氣的。」客氣個屁，誰客氣誰完蛋，那彎刀可是不長眼睛的。

二人並肩乘馬，在眾目睽睽之下，等待一聲令下。

那唱喏的內侍略顯得有些緊張，聲音顫抖的道：

「開……」

賽字還未出口，蘇爾亞王子已經驅動坐騎開始奔馳，握緊手中彎刀，心想：「待那沈傲衝在前時，我一刀劈下去，看他如何抵擋。」心裏正是暗暗得意，冷不防沈傲已從後面劈頭蓋臉的揚棒過來，便是一通亂砸。

「無恥小人。」蘇爾亞王子大怒，比賽剛剛開始，戰馬還未飛馳起來，沈傲竟已動手了。

蘇爾亞全然沒有準備，以爲沈傲會像先前那樣，先是跑出百丈再行動手，誰知沈傲還真是一點客氣都沒有，那賽字剛剛落下，鐵棍便橫掃過來，打得他措手不及。

啪……棒身砸中蘇爾亞王子的肩窩，一股鑽心的疼痛傳遍全身，蘇爾亞王子險些暈了過去，咬咬牙，另一手提刀正要砍過去，誰料他還是慢了一步。

打架這種事，看的就是誰占先機，那鐵棒用力一杵，又打中了蘇爾亞的胸口，只聽沈傲呵呵笑道：「殿下，快看，學生要砸你腦袋了。」

這一句話說出來，蘇爾亞王子頓時心中一驚，若是真砸了腦袋，自己哪裡還有命在，連忙橫刀舉起要進行格擋。誰知沈傲卻是呵呵一笑，手中鐵棒橫掃過去，一下子狠狠砸在蘇爾亞王子的背上。

這三棒砸下來，蘇爾亞王子一下子失去重心，頓時落馬，彎刀早已丟的不知去了哪裡。

就如先前一般，沈傲悠然的勒馬圍著苑河轉了一圈，回到原點。這第三局，勝得既突然又輕鬆。

蘇爾亞王子從雪地爬起來，已是渾身疼痛無比，被扈從扶著，在眾目睽睽之下一瘸一拐的，顏面喪盡。

卑鄙、無恥！蘇爾亞心中咒罵，顫抖著嘴唇，目露凶光。偏偏那沈傲卻是勒馬過來，笑呵呵的道：「王子殿下，三局兩勝，殿下好像是輸了。」

蘇爾亞咬牙切齒的道：「你敢毆打本王，這大宋朝全無禮義，輕慢使臣自不必說，竟還毆打使節。哼，這和議不必再談了。待我回到國中，一定向父王請命，率軍攻打吐蕃諸部。」

群臣一時群情激憤，這個王子，實在是無恥到了極點，比賽是他提出，打人也是他先指使，如今賽馬賽不過，打人打不贏，卻又是耍賴。

沈傲哈哈大笑：「殿下要攻打吐蕃便攻打就是了。」轉而下馬，朗聲道：「大宋朝只需修書一封，許諾與蘇丹通商貿易，請蘇丹打通與我大宋通商的通道，不需花費一文銅錢，一匹錦帛，便可教你國破家亡。」

他呵呵一笑，轉而遠遠朝著趙佶行禮道：

「陛下，學生聽說，泥婆羅國國境數百里處有一國，此國有大軍十萬，國人最愛通商貿易。請陛下修書一封，許諾與其陸路通商，此國蘇丹必然歡欣鼓舞，不出三年，定然率軍打通陸路與大宋通商貿易的通道。到了那時，泥婆羅國已蕩然無存，吐蕃國的心腹之患自然而然也就冰釋了。」

沈傲一番話，卻是令蘇爾亞頓時愕然，隨即大驚失色。

請續看《大畫情聖》五　一箭雙雕

大畫情聖 四 帝王心術

作者：上山打老虎
出版者：風雲時代出版股份有限公司
出版所：風雲時代出版股份有限公司
地址：105台北市民生東路五段178號7樓之3
風雲書網：http://www.eastbooks.com.tw
官方部落格：http://eastbooks.pixnet.net/blog
Facebook：http://www.facebook.com/h7560949
信箱：h7560949@ms15.hinet.net
郵撥帳號：12043291
服務專線：(02)27560949
傳真專線：(02)27653799
執行主編：朱墨菲
美術編輯：許芷姍

法律顧問：永然法律事務所 李永然律師
北辰著作權事務所 蕭雄淋律師

版權授權：蔡雷平
初版日期：2013年12月
初版二刷：2013年12月20日
ISBN：978-986-5803-29-2

總 經 銷：成信文化事業股份有限公司
地　　址：新北市新店區中正路四維巷二弄2號4樓
電　　話：(02)2219-2080

行政院新聞局局版台業字第3595號 營利事業統一編號22759935

定價：280元　特惠價：199元

國家圖書館出版品預行編目資料

大畫情聖 ／ 上山打老虎 著. -- 初版. -- 臺北市：
風雲時代，2013.08 -- 冊；公分

ISBN 978-986-5803-29-2（第4冊；平裝）

857.7　　102015353